낭인무사 浪人武士

FANTASTIC ORIENTAL HEROES

정민교 新무협 판타지 소설

낭인무사 1

정민교 新무협 판타지 소설

초판 1쇄 찍은 날 § 2011년 10월 24일
초판 1쇄 펴낸 날 § 2011년 11월 1일

지은이 § 정민교
펴낸이 § 서경석

편집부장 § 권태완
편집책임 § 주소영

펴낸곳 § 도서출판 청어람
등록번호 § 제1081-1-89호
등록일자 § 1999. 5. 31
어람번호 § 제2-2169호

주소 § 경기도 부천시 원미구 심곡2동 163-2 서경B/D 3F (우) 420-822
전화 § 032-656-4452 팩스 § 032-656-4453
http://www.chungeoram.com
E-mail § chungeoram@chungeoram.com

ⓒ 정민교, 2011

ISBN 978-89-251-2664-7 04810
ISBN 978-89-251-2663-0 (세트)

낭인무사

浪人武士

정민교 新무협 판타지 소설

FANTASTIC ORIENTAL HEROES

1

도서출판 청람

낭인무사 浪人武士

序

“니가 나가면 우린 무슨 재미로 살지? 응?”

“허허, 소생이 알기로는 이런 놈은 나가면 금방 돌아오게 되어 있소이다.”

“에이, 설마. 이놈도 머리가 있는데 금방 돌아올까?”

“돌아오게 되어 있소이다. 본디 죄란 짓지 않고 살 수 없는 법이외다.”

“아무튼 죄든 나발이든 그건 됐고, 빨리 돌아와. 우릴 기다리게 하지 말고. 알겠냐? 다시 와서 우리랑 재미나게 놀아야지. 그치?”

“다들 그만하면 되었다. 운아.”

저음의 묵직한 목소리에 좌중은 순식간에 조용해졌다.

운이라 불린 청년은 고개를 조아리며 답했다.

"네, 큰사부님."

"우리의 당부를 기억하느냐?"

"제자가 어찌 잊을 수 있겠습니까."

"그러면 되었다."

나직한 목소리를 끝으로 옥 내는 침묵이 감돌았다.

끼이익.

철컹.

육중한 철문이 열리는 소리가 들린다.

장정 열댓은 달라붙어야 겨우 열 수 있을 것 같아 보이는 거대한 철문이 열리는 소리다.

하루에 세 번, 식사 시간 때만 들리는 소리가 지금 들려왔다.

뚜벅뚜벅.

지하실을 울리는 발걸음 소리.

발걸음 소리는 바로 앞에서 멈췄다.

덜컹.

죄수를 수감하는 철문에 달린 구멍이 열렸다.

구멍 사이로 항상 보던 익숙한 눈빛이 나타났다.

구석에 널브러져 젊은이를 갈구던 노인 둘은 어슬렁거리며 철문 가까이 다가갔다.

"매일 느끼는 거지만 그대 눈은 도무지 적응이 안 된다오. 어찌 안 되겠소?"

"동정하려면 밥으로 달라고, 밥! 밥 몰라?"

묵묵히 내려만 보던 간수의 입이 열렸다.

"죄수 번호 사천이백삼, 담운."

그 말에 구석에 무릎을 꿇고 있던 젊은이가 고개를 들었다.

"출옥이다."

덜컹.

구멍이 닫히고,

끼이익.

철문이 열렸다.

밤이면 밤마다 절망감을 주던 철문이 열렸다.

항상 그리워하던, 하지만 갈 수 없었던 그곳으로 드디어 갈 수 있게 되었다.

작은 방 안에는 다섯 명의 노인이 구석에 자리 잡고 있었다.

비척거리며 자리에서 일어난 젊은이는 노인들을 향해 공손히 허리를 숙여 보였다.

"먼저 가보겠습니다."

감옥 밖으로 젊은이가 나가자 노인이 한마디씩 내던졌다.

"가거라."

"금방 돌아오게 되어 있으니 난 기다리고 있겠소이다."

"흐흐, 돌아오면 더욱더 힘차게 괴롭혀 주마! 맹세해도 좋
아!"

"몸 건강해야 한다. 아프지 말고."

"……."

고개를 푹 숙인 젊은이 담운은 속으로 중얼거렸다.

'내가 미쳤냐? 이 지옥에 다시 오게?'

밖으로 나온 젊은이의 등을 간수가 떠밀었다.

"앞으로 죄 짓지 말고 살아라."

젊은이 담운은 간수에게 떠밀려 한 발자국 앞으로 내디뎠
다.

"만두 하나……."

"뭐? 무슨 소리냐?"

담운은 지상으로 향하며 혼자 중얼거렸다.

"만두 하나에 이십 년이라니…… 흐흐."

그것은 중원에 폭풍을 휘몰아치게 만들 사나이의 첫 발걸
음이자 첫마디였다.

第一章
도대체 내 어디서 냄새가 난다는 거야?

담운이 갇혀 있던 곳은 무림맹(武林盟) 산하의 금마옥(擒魔獄)이라 불리는 곳이다.

전대, 혹은 전전대의 마두들을 가두는 곳이 바로 금마옥이다.

금마옥의 외부에는 고수들로 구성된 천라지망(天羅地網)은 기본이요, 내공을 흡수하는 흡공철(吸功鐵)로 만들어진 기관(機關)과 나는 새도 떨어뜨리는 절진(絶陣)이 설치되어 있다.

진을 보호하는 기관을 파훼하기 위하여 공격하면 흡공철은 내공을 흡수하게 되고, 기관의 위력은 점점 강해진다. 덩달아 진법도 더욱 무서운 위력을 발휘하게 된다.

그야말로 천고의 진법이 설치되어 있는 것이다.

이로 인해 금마옥에 갇힌 죄인들은 빠져나갈 생각을 하지 못했다.

금마옥은 상, 중, 하, 최하층 네 층으로 나눠져 있는데, 죄질이나 갇히기 전의 무공 수위에 따라 층을 배정받았다.

무공이 약한 하수들이라면 상층, 거대 문파의 수장이거나 절정의 경지 이상에 오른 자들은 최하층에 수감되는 형식이었다.

최하층은 다섯 명에 의해 지배되고 있었다.

그들이 누구인지는 알려지지 않았다. 다만 간수들마저 최하층은 꺼렸다.

하층 이하에 수감된 죄수들은 평생 금마옥에서 지내야 하지만, 상층과 중층의 죄수들은 오 년에서 십 년가량 복역하고 금마옥에서 나갈 수 있었다.

간수들은 죄수들이 몇 년을 갇혀 있든 관심이 없었다.

금마옥에 갇힌 죄수들은 자신들의 형제, 친구를 죽게 한 자들이기 때문이다.

담운은 일곱 살 때부터 이십 년간 갇혀 있었다.

그가 갇힌 이유는 만두 하나.

고작 만두 하나 때문에 금마옥에 갇히는 신세가 되고 말았던 것이다.

어린 나이의 담운이 금마옥에 갇히게 된 것은 결코 우연이 아니었다.

담운이 훔쳤던 만두 가게는 무림맹의 맹주 조카가 운영하는 많은 사업체 중 하나였다.

평소 성질 나쁘기로 유명한 무림맹주의 조카는 가난한 사람을 깔보고, 그들의 고혈을 빨아내기로 유명했다.

그런 맹주의 조카가 순시를 도는 시간에, 하필이면 그 시간에 굶주림을 참지 못한 담운은 만두를 훔치다 맹주의 조카에게 들키고 말았다.

점원에게 들켰다면 매질 한두 대로 끝났을 게다.

그러나 맹주의 조카는 달랐다.

자신의 눈앞에서 간 크게 만두를 훔치다 걸린 담운을 사마외도(邪魔外道)의 무인들만 가둬두는 금마옥에 집어넣어 버린 것이다.

어린 담운은 낯선 환경에 던져지게 되자 매일같이 울었다.

죄수들은 담운을 시끄럽다는 이유로 괴롭혔다.

죄수들이 때리면 아파서 울고, 빛조차 들어오지 않는 감옥이 무서워 울었다.

밤에 우는 아이의 울음소리는 소름 끼치게 한다.

대놓고 우는 게 아니라 흐느끼는 소리다 보니 간수들은 밤마다 잠을 이룰 수 없었다.

밤마다 흐느끼는 소리를 들어야 될 팔자에 놓이게 된 상층의 간수는 담운을 중층으로 보내 버렸다. 불편함을 떠넘기는 형국이었다.

담운을 떠맡게 된 중층 간수는 담운을 독방에 집어넣었다. 죄수들의 괴롭힘을 피하게 하기 위한 일종의 배려였다.

독방에 갇히게 됐어도 담운의 울음은 그쳐지지 않았다.

중층의 죄수들은 상층의 죄수보다 더 험했다.

그들은 입에 담지 못할 욕설과 협박으로 담운의 울음소리를 막아보려 했지만 소용없었다.

밤이면 밤마다 귀신 흐느끼는 소리를 들어야 했던 죄수들은 간수에게 항의하기 시작했다.

중층을 지키는 간수들도 죄수들과 상황이 다를 바 없었다. 중층 간수들은 죄수들이 거세게 항의한다는 명목으로 담운을 하층으로 보내 버렸다.

하층에서의 상황은 최악으로 치달았다.

하층의 간수는 무공을 익히다 담운의 흐느끼는 소리를 이겨내지 못하고 주화입마(走火入魔)에 걸리고 말았다.

간수는 정신이 오락가락하기 시작했고, 담운을 최하층에 던져 넣었다. 그리고 몇 달 후 주화입마에 걸렸다는 사실이 밝혀져 임기가 많이 남았음에도 불구하고 교대되었다.

담운은 금마옥에 갇힌 지 딱 칠 일 만에 최하층까지 내려가는 위업을 달성한 것이다.

금마옥의 간수는 일 년마다 한 번씩 교체되는데, 하필 담운이 최하층에 내려가고 난 얼마 후 그들은 모두 교체되었다.

일 년 동안 고생한 간수는 열쇠만 던져주고 금마옥을 떠난다.

금마옥을 맡게 된 간수도 일 년간 고생문이 열리기 때문에 죄수들에게 관심을 쏟지 않았다.

엎친 데 덮친 격으로, 무림맹과 사황성(邪皇城) 간의 휴전 협약이 맺어졌다.

정파와 사파 간의 분쟁이 없어지다 보니, 금마옥의 죄수는 더 이상 늘어나지 않게 되었다.

죄수가 들어오면 작성해야 하는 죄수 목록 책자는 한쪽 구석에 아무렇게나 방치되기 시작했다.

아무도 들춰보지 않게 된 죄수 목록 책자에는 먼지가 쌓여갔다.

그렇게 이십 년이 흘렀다.

금마옥에서 근무하게 된 신입 간수는 먼지가 뽀얗게 앉은 책자를 상층 구석에서 발견했다.

무공 비급일지도 모른다는 생각에 기대감을 감추지 못하고 열어봤더니 죄수 목록을 적은 책자였다.

그래도 혹시나 하는 마음에 신입 간수는 밤을 새워가며 끝까지 정독했다.

그러나 그가 바라는 무공 구절은 일언반구도 적혀 있지 않았다. 허탈감을 이기지 못하고 책자를 내려놓던 그는 이상함을 발견했다.

담운이라는 꼬마 아이가 무려 이십 년 전에 금마옥 상층에 갇힌 것이다.

풀려났다면 이름이 지워졌을 테지만 그런 흔적은 없었다.

신입 간수는 담운이라는 꼬마 아이를 찾아보았다.

상층에 있어야 할 담운은 없었다. 그렇다고 이름이 지워진 것도 아니다.

신입 간수는 중층과 하층도 뒤졌다. 그러나 담운은 나오지 않았다.

결국 최하층까지 내려가서야 담운을 찾을 수 있었다.

그의 눈물겨운 노력이 아니었다면 담운은 평생 갇혀 있었을지도 모른다.

신입 간수 덕분에 담운은 금마옥에서의 지옥 같은 생활을 끝내고 세상으로 나올 수 있었다.

다그닥다그닥.

마차에는 담운과 두 명의 사내가 타고 있었다.

담운은 안대로 눈을 가린 상태였다.

마차를 타기 전 간수는 어디서 내릴지를 물었고, 담운은 삼양현을 택했다.

금마옥에 갇히기 전까지 그가 살았던 곳이기도 하고, 만두가게가 있는 담양현은 산 하나만 넘으면 되기 때문이다.

두 사내는 형형한 눈빛을 빛내며 자리를 지키고 있었다.

금마옥의 위치는 철저한 보안 속에 있었기 때문에 풀려난 죄수 담운의 눈을 가린 상태였다.

마차가 멈추자 마부가 말을 진정시키며 말했다.

"워, 워! 진 대협, 도착했습니다."

진 대협이라 불린 사내는 담운을 끌어 마차에서 내리게 했다.

안대는 풀어주지 않았다.

마차가 떠나가며 두런두런 나누는 이야기가 들려왔다.

"저자도 불쌍하군. 이십 년이라지?"

"그렇습니다, 진 대협."

"원래는 오 년이었다며?"

담운의 귀가 쫑긋했다.

이건 또 무슨 말인가?

오 년? 이십 년이 아니라 오 년이었던가?

"저자가 최하층에 있는지 어떻게 알았겠습니까."

뒤의 이야기는 소음에 가려져 들리지 않았다.

안대를 풀어보니 이미 마차는 사라지고 없었다.

무려 네 배나 가까운 시간 동안 금마옥에 갇혀 있어야 했기에 억울했지만, 생각해 보면 그 시간이 오히려 자신에게는 도움이 되었다.

만두 하나로 오 년이라는 사실이 중요하다.

고작 만두 하나를 훔쳤다는 죗값으로 오 년은 심하지 않은가.

어차피 시간은 지나 버렸고, 지나간 세월은 돌아오지 않는다.

담운은 어깨를 으쓱하고는 상념을 털어냈다.

햇살에 눈이 부셨던 담운은 눈살을 찌푸리며 사방을 훑어보았다.

그리운 고향의 냄새가 코끝을 간질거렸다.

드디어 돌아왔다.

이십 년 만에 감옥이 아닌 곳에 드디어 발을 내디딜 수 있게 된 것이다.

감격에 몸 둘 바를 모르게 된 담운은 자신이 살던 곳을 찾아보았다.

나무로 얼기설기 집을 만들고, 풀을 깔아 대충 살 곳을 만들었던 곳은 지난 세월을 견디지 못하고 흔적조차 남아 있지 않았다.

잠시 상념에 빠졌던 담운은 한숨과 함께 미련을 모두 털어냈다. 어차피 미련도 없었기 때문에 곧장 담양현으로 방향을 잡았다.

산을 끼고 흐르는 물줄기를 따라 걸어가던 담운은 목이 마름을 느끼고 대충 목을 축였다.

물에 비친 담운의 모습은 거지나 다름없었다.

머리는 산발이었고, 수염은 얼굴을 뒤덮을 정도로 막 자라 있었다.

담운이 금마옥에 갇힌 것은 일곱 살 때.

거기서 봤던 사람들이라고는 죄수밖에 없었기 때문에 자신의 잘못된 점을 찾으려야 찾을 수가 없었다.

죄수는 모두 담운과 같은 모습이었으니까.

참방참방.

목도 축였겠다, 다시 담양현으로 발걸음을 옮기려는 찰나 물장구치는 소리가 들려왔다.

아마도 산짐승이 목을 축이나 보다.

"이거 잘하면 오늘 저녁은 고기 구경하겠네."

담운은 꿈에 부풀어 올라 물장구 소리를 따라갔다.

"아씨, 곧 날이 저물어요. 얼른 움직여야 늦지 않게 도착할 텐데요."

"넌 누가 오는지 망이나 잘 봐. 나 옥향이야, 매옥향. 담양현에 이 꼴로 가란 말이니?"

"휴, 어련하실까요."

허리에 검을 찬 시비는 한숨을 폭 내쉬며 등을 돌렸다.

웅덩이에는 하얗게 빛나는 나체가 몸에 묻은 흙먼지를 닦아내는 중이었다.

빼어난 미색의 여인은 몸을 닦는 데 여념없었다.

시비는 매처럼 눈을 뜨고 귀를 쫑긋거리며 누가 오는지 살폈다.

소리도 없이 도착한 담운은 풀숲에 몸을 숨겼다.

물장구 소리를 더듬어 도착해 보니, 소음의 정체는 동물이 아니고 사람이다.

담운은 미간을 찌푸렸다.

"오늘 고기 맛 좀 보나 했더니 뭐야."

김이 새버린 담운은 혀를 차며 곧장 자리를 떴다.

빠직.

주의력이 흩어진 탓에 발치의 나뭇가지를 밟고 말았다.

소음에 대한 반응은 곧바로 나왔다.

"누구냐!"

시비가 허리에 차고 있던 검을 뽑아 듦과 동시에 담운이 숨어 있는 풀숲으로 쇄도했다.

차라라락!

한달음에 도착한 시비는 검을 휘둘렀다.

그녀의 검이 담운이 숨어 있던 숲을 스치고 지나가자 순식간에 나뭇가지들이 후두두 떨어져 내렸다.

당황해하는 담운을 발견한 시비가 앙칼지게 외쳤다.

"이 음적! 감히 아씨가 목욕하는 것을 훔쳐보다니! 당장 두 눈을 내놓고 꺼져라!"

"눈? 내 눈을 왜?"

"닥치고 눈이나 내놓아라!"

시비는 담운의 눈을 향해 검을 찔렀다.

"어이쿠!"

담운은 고개만 살짝 움직여 시비의 검을 피해냈다.

너무도 쉽게 공격을 피한지라 시비는 잠시 당황했지만 그렇다고 손속을 멈출 마음은 없었다.

거듭된 시비의 검이 황망하게 담운을 스치고 지나갔다.

"이봐! 그러다 사람 다친다고!"

"다치지 말고 눈만 내놔!"

그녀의 검은 집요하게 담운을 쫓았다.

"왜 나한테 쇠붙이를 휘두르는 건데? 이유나 좀 알자고!"

이를 악문 시비는 대답 대신 검만 휘둘러댔다.

담운은 어이쿠! 으악! 하는 이상한 소리와 함께 계속 도망쳤다.

어수룩하게 피하는 것 같은데도 불구하고 시비의 검은 아슬아슬하게 담운을 스치고 지나갈 뿐이었다.

"여인과 싸우지 말라는 사부님 말씀만 없었어도 내가 이렇게 피해 다니지만은 않을 거다! 알아?"

도망치다 보니 자신도 모르게 점점 웅덩이 쪽으로 쫓겨가고 있었다. 그곳에는 이미 옷을 입은 매옥향이 도끼눈을 뜨고 담운을 기다리고 있었다.

뿌드득.

마주 쥔 매옥향의 주먹에서 살벌한 소음이 흘러나왔다.

매옥향은 음산한 목소리로 담운에게 물었다.

"각오는 됐겠지?"

"애는 또 왜 이래? 각오는 무슨 각오?"

"죽을 각오."

말을 마치자마자 매옥향의 주먹이 담운을 후려쳤다.

쾅!

혼신의 힘을 다했기에 땅거죽이 뒤집어졌다. 그 여파로 인
해 주변 나뭇잎이 후두두 떨어졌다.

매옥향이 내려친 주먹에 의해 일 장(一丈) 가까이가 초토화
되었다.

시비는 뒤늦게 도착해 손사래질을 하며 먼지를 걸어냈다.
그녀는 폐허로 변한 광경을 발견하고 눈을 휘둥그레 뜨며 물
었다.

"아씨, 음적을 가루로 만들었나요?"

"흥! 알 게 뭐야? 그딴 자식."

매옥향이 만들어놓은 흔적을 감상하고 있는데 코를 썩게
만드는 악취가 훅 풍겨져 나왔다.

"내, 냄새!"

시비가 코를 쥐며 뒤로 훌쩍 물러났다.

"휘이, 꼼짝없이 죽을 뻔했네?"

시비의 옆에서 담운이 휘파람을 불었다.

"당신 정체가 뭐야! 뒷간지기라도 되는 거야?"

시비가 진저리를 치며 물었다.

담운을 공격해야 된다는 생각마저 잊게 만들 정도의 강력한 냄새였다.

담운은 자신의 옷자락에 코를 대고 킁킁거렸다.

"안 나는데?"

지금 냄새가 문제가 아니다.

매옥향이 분노의 주먹을 내뻗었다.

"쥐새끼 같은 음적 놈!"

붕!

매옥향의 주먹이 담운을 공격했다. 그러나 담운은 이미 그 자리에서 없어지고 난 후였다.

얼빠진 얼굴로 시비가 물었다.

"아씨, 제가 허깨비를 봤나요?"

매옥향은 대답 대신 이를 뿌드득 갈았다.

담운의 기척은 느껴지지 않았다. 아까 자신의 옆에 있었을 때도 마찬가지였다. 기척조차 느끼지 못할 고수라는 뜻이다.

그럼에도 불구하고 모든 정신이 음적(淫賊)에 관해서만 쏠려 있었기 때문에 그런 사소한 일 따위는 그녀의 머릿속에 들어오지 않았다.

"다음에 만나면……."

매옥향의 스산한 살기에 시비는 자신도 모르게 주춤주춤

물러나고 있었다.

　살쾡이처럼 달려드는 여인들을 피해 담양현에 도착한 담운은 예전과 달라진 거리에 놀랐다.

　이십 년이나 되는 세월이 지났으니 당연한 일이었다.

　어린 시절 뛰어놀던 거리는 상점으로 가득했고, 가판대를 늘려놓은 노점상들로 발 디딜 틈이 없어 보였다.

　그럼에도 불구하고 행인들은 아무런 불편함도 없이 오고 가며 물건을 사고 있었다.

　달라진 풍경을 접하자 이미 산에서 있었던 일은 머릿속에 남아 있지 않았다.

　담운이 거리로 나서자 사람들의 행렬이 비좁은 대로 좌우로 쫙 갈라졌다.

　그들은 하나같이 코를 쥐고 인상을 찌푸리고 있었다.

　덕분에 담운은 상쾌하게 만두가게로 향할 수 있었다.

　상쾌한 담운과는 다르게 행인들은 불쾌했지만.

　담운의 기억은 틀리지 않았다.

　골목을 이리저리 돌아가자 이십 년 전, 자신을 금마옥에 가두도록 했던 만두가게가 모습을 드러냈다.

　드디어 이곳에 도착했다.

　이십 년간 잊지 못했던 이곳을 어떻게 틀릴 것인가.

　매일 밤을 눈물로 지새우며 피와 땀을 요구하는 수련을 했지만, 그의 마음만은 항상 이곳으로 달려왔었다.

"대가리에 피도 안 마른 놈이 버르장머리없이 상왕의 만두를
훔쳐? 네놈은 금마옥에 가두도록 친히 말해놓았으니 기대해도
좋을 것이다."

만두가게를 보니 예전 상왕이 자신에게 쏟아냈던 독설이
떠올랐다.
빠득.
자신도 모르게 이를 갈아붙인 담운은 심호흡을 하며 진정
시켰다.
조금만 기다리면 된다.
조금만 있으면 드디어 복수를 할 수 있을 것이다.
상왕을 잡아다 금마옥에 가두는 것으로 복수를 완료할 것
이다.
가둬두는 시간은 오 년으로 정했다.
자신은 이십 년간 갇혀 있었지만, 그것이 상왕의 죄는 아니
지 않은가.
만두 하나로 오 년을 가둬두게 만들었던 상왕은 그 정도면
될 듯싶었다.
흥분으로 인해 두근거리던 심장이 가라앉았다.
담운은 주위를 둘러보았다.

외향은 좀 달라져 있었지만 만두가게라는 것만은 변함없었다.

많은 변화가 생긴 이곳이련만 만두가게만은 그 자리에 그대로 있었다.

담운에게는 다행스러운 상황이 아닐 수 없었다.

담운은 살기를 물씬 풍기며 만두가게로 들어섰다.

깨끗하게 치워진 가게는 아직 영업 전이었는지 탁자 위에 의자들이 올려 있었다.

갓 만들어진 만두 냄새가 향긋하게 풍겨져 나왔다.

담운이 들어서자 점원이 후다닥 달려나왔다.

“어서 옵…… 윽! 뭐야, 이 냄새는! 이 거지새끼가 아침부터 재수없게! 당장 꺼져! 안 꺼져?”

점원이 코를 쥐며 벌쩍 뛰었다.

“거지? 이렇게 훤칠한 거지 봤나? 심미안의 수준이 상당히 낮구만?”

“훠, 훤칠해? 이 자식이 오래 굶더니 미쳤나? 쿵쿵! 이 냄새는 또 뭐야? 윽! 너 이 자식 배고파서 발가락이라도 빨아 먹었더냐? 왜 입에서 발 냄새가 나는 건데!”

담운은 고개를 갸웃거리며 자신의 입 냄새를 맡아보았다.

“냄새 안 나니까 헛소리 그만하고. 내가 훤칠한 사람인지 아닌지 확인시켜 줘?”

“그러든지 말든지 맘대로 하고, 얼른 꺼져!”

"못 믿는 눈치니 확인시켜 줘야겠군."

"허어, 미치려면 곱게 미치지. 쯧쯧."

막말하는 점원을 무시하고 담운은 대로변으로 나섰다.

담운은 이십 년 동안 금마옥에 갇혀 지냈다.

사마외도의 사람들은 자유분방하여 예절에 대해서는 거리낌없었다.

좋으면 좋고 싫으면 싫은 게 확실했다.

거기다 씻고 지내지도 않으니 담운으로서는 일반 사람들의 이런 반응에 익숙하지 않은 것이 사실이다.

담운은 금마옥에 갇혀 있던 시절, 사부에게 무공을 비롯한 인생사 모든 걸 배웠다.

그의 사부는 모두 다섯.

그중 큰사부는 거대 문파의 수장이라 했다.

그에게 세상 돌아가는 이야기를 들었고, 또한 사람 다루는 법까지 배웠다.

하지만 지금 담운의 일은 예상외라고 볼 수 있었다.

어느 누가 이십 년간 제대로 씻지 않고 살 것인가.

담운은 자신의 현재 상황에 관해 전혀 눈치채지 못하고 있었다.

행인들은 담운을 흘깃거리며 그를 피해 멀찍이 돌아갔다.

금마옥에 갇혀 있던 시절 담운은 가군자사부에게 여인의 환심을 사는 방법을 익혔다.

얼굴에 곰보가 가득했던 가군자사부는 항상 입버릇처럼 말했다.

"내가 그대 정도의 외모였다면 세상 모든 여인은 내 것이 었소."

담운은 철석같이 가군자사부의 말을 믿고 있었다.

일단 가군자사부에게 배운 여인의 환심 사는 법을 사용해 보기 위해 지나가는 여인에게 다가갔다.

"이봐, 아가씨."

"꺄아아악! 야이 미친 거지새끼야! 오기만 해봐! 혀 깨물고 죽어버릴 테니까!"

학을 떼며 도망가는 여인.

담운은 어깨를 으쓱하고는 다른 여인에게 다가갔다.

"우리 차나 한 잔……."

"엄마야!"

"훗, 이 동네 아가씨들은 숫기가 없구만?"

뒤에서 팔짱을 끼고 구경하던 점원은 고개를 절레절레 저었다.

"거지새끼가 접근하는데 누가 좋다 할까."

여인들에게서 퇴짜를 맞은 담운은 이번엔 노인에게 다가 갔다.

꾸부정한 허리로 지팡이에 몸을 의지하며 길을 가던 노인 은 담운이 길을 막자 멈춰 섰다.

"어이, 영감."

담운의 사부들은 그 어떤 누구에게도 존대를 하지 말라 했다. 존대를 하면 자신들과 같은 항렬이 된다고 말이다. 그랬기에 담운은 노인이라도 거리낌없었다.

하지만 노인의 반응은 예상외였다.

"영감? 이노무 자식이! 네놈은 어미아비도 없더냐! 세상이 거꾸로 돌아간다지만 어디서 돼먹지 못하게 영감이야, 영감이!"

버럭 화를 낸 노인이 지팡이를 휘둘렀다.

담운은 지팡이를 피해 한동안 도망 다녀야 했다.

한 편의 희극 같은 광경을 바라보던 점원은 피식 웃더니 팔짱을 꼈다.

보다 보니 제법 재미가 있다.

헐레벌떡 돌아온 담운은 점원이 아직도 그 자리에 있음을 확인하고는 굳은 결의에 가득 찬 얼굴로 말했다.

"이 동네도 늙은이들은 팔팔하네. 좋아, 이번엔 똑똑히 봐."

다짐을 한 담운은 지나가는 중년 남자에게로 걸어갔다.

"이봐."

중년 남자는 담운을 발견하고는 눈살을 찌푸렸다.

근처에 오지도 않았는데 역한 냄새가 훅 풍겨 나왔다.

중년인은 진저리를 치며 다가오는 담운을 제지했다.

"무슨 용건인지 모르겠는데 일단 거기 서. 오지 마! 거기
서라고!"

담운이 멈춰 서자 중년인은 담운의 위아래를 훑어보더니
한숨을 내쉬었다.

"후우, 나보다 더 불쌍한 놈이 다 있구나."

중년인은 혀를 차며 품속에서 철전 하나를 꺼내 담운에게
던져 주었다.

"열심히 살아."

엉겹결에 철전을 받은 담운은 훗 하고 웃더니 점원에게로
돌아섰다.

"봤냐?"

"휴, 이제 보니 미친 거지새끼였구만. 돈 받으니 좋냐? 계
속 그렇게 구걸해. 금방 부자 되겠다."

점원은 코웃음을 치며 가게 안으로 들어섰다.

"거기 서. 야! 내 용건 안 끝났다고!"

담운은 삿대질을 하며 가게로 들어서는 점원의 뒤를 따랐
다.

역한 냄새 때문에 자신도 모르게 물러난 점원이 담운을 향
해 악을 썼다.

"어딜 들어와! 당장 안 꺼져!"

"볼일 있어서 왔다니까?"

"하아, 그래, 그 볼일이 대체 뭐냐? 들어나 보자."

"가서 상왕 나오라 그래."

"상왕? 상왕이 뭔데? 네 그 잘난 볼일 들어줬으니 됐지? 그런 사람 없으니 당장 꺼져!"

"이곳 주인이 상왕 아냐?"

냄새 옮을까 봐 차마 담운을 만지지는 못하겠고, 그렇다고 그냥 놔두다가는 주인에게 치도곤을 면치 못할 게 뻔했기 때문에 점원은 악을 썼다.

"이곳 주인은 상왕 아니니까 가! 가라고!"

담운은 점원을 무시하며 탁자 위에 올려 있는 의자를 내려 자리에 앉았다.

"한 발자국도 못 가니까 주인 나오라고 해."

점원이 이러지도 못하고 저러지도 못하는 사이 풍채 좋아 보이는 중년 사내가 뒤춤을 잡고 주방 쪽에서 걸어나왔다.

"아침부터 웬 소란이냐? 항문에 집중을 못하겠잖아! 도대체 무슨 일이냐?"

"헉! 주인 어르신!"

"내가 누구인지를 물은 게 아니라 도대체 무슨 일이냐고 물었다."

주인의 다그침에 점원은 울상을 지으며 담운을 가리켰다.

"저자가 아침 댓바람부터 영업 방해를 합니다요."

점원의 손가락 끝에는 담운이 앉아 있었다.

담운의 위아래를 살펴본 주인이 혀를 찼다.

"배고픈 거지에게 동냥은 못해줄망정. 보아하니 석 달 열흘은 고기 구경도 못해본 것 같은데 고기만두 하나 던져 주고 쫓아내."

말을 마친 주인은 다시금 뒷간으로 향하려 했다.

하지만 그의 앞에는 어느새 나타난 담운이 서 있었다.

담운이 주인의 위아래를 훑어보며 물었다.

"너 누구냐?"

"윽! 냄새!"

"너 누구냐고 물었다."

"이 미친놈이? 나 이곳 주인이다 어쩔래?"

"주인? 주인은 너 아니잖아. 이십 년 전에 이곳 주인이던 자는 어디로 갔어?"

"그걸 내가 어떻게 알아! 난 오 년 전에 이곳을 인수했단 말이다. 이야기 끝났으면 얼른 비켜!"

"오 년 전에 이곳을 인수할 때 주인은 누구였나? 상왕 아니었나?"

주인은 상왕이라는 말에 잠시 흠칫했다.

하지만 곧이어 인상을 긁으며 욕설을 내뱉었다.

"나도 모르지!"

주인이 욕을 퍼부으며 주방으로 사라졌다.

담운은 하늘이 노래지는 기분을 느꼈다.

이십 년, 무려 이십 년이다.

복수의 칼날만 갈며 인고의 시간을 보냈거늘.

그 복수의 대상은 이미 이곳에 없었다.

천 조각으로 콧구멍을 막고 눈치만 살피던 점원은 주인이 사라지자 담운을 밀쳐 냈다.

"영업해야 되니까 얼른 꺼…… 어이쿠!"

담운을 밀쳐 냈지만 이상한 반발력에 오히려 넘어진 쪽은 점원이었다.

당황한 눈으로 담운을 올려다봤지만, 담운의 얼굴에는 절망감만 가득했다.

"그래, 어쩔 수 없지."

담운은 터벅터벅 가게 밖으로 걸어나갔다.

상왕은 찾을 수 없게 되었다.

이십 년 동안 오늘만을 기다리며 인고의 세월을 보냈건만, 상왕의 흔적은 이미 남아 있지 않았다.

"일단 수소문이라도 해봐야겠네."

이곳의 예전 주인인 상왕은 자린고비에 독하기로 유명했으니 발품을 팔아본다면 아는 사람은 나올 것이라 생각하는 담운이었다.

대로를 걸으며 담운은 투덜거렸다.

"도대체 내 어디서 냄새가 난다는 거야?"

금마옥에서는 씻은 적이 없다. 그것도 무려 이십 년간이나.

죄수들도 씻지 않았다.

마실 물도 부족한데 몸 닦을 물이 어디 있겠는가.

죄수들은 가축과 같은 대우를 받았다.

당연히 감옥 안에서는 악취가 진동했지만 거기서 살아가는 본인은 느낄 수 없었다.

주위 행인들은 담운의 근처에는 얼씬도 하지 않았다.

자신에게 냄새가 나지 않는다면 이런 반응을 보일 리가 없다.

사람들에게 상왕에 관해 물어보려 접근을 하면 열이면 열 모두 도망을 간다.

이미 예전 만두가게에 상왕이 없다는 것을 알았는데 이런 식이면 곤란하다.

뭘 물어봐야 흔적을 찾을 것 아닌가.

"내 몸에서 냄새가 나는 거였나……."

울적한 얼굴로 뒤통수를 벅벅 긁은 담운은 담양현을 나서 산 쪽으로 방향을 틀었다.

일단 씻고 상왕의 흔적을 더듬어야 될 터였다.

담운이 입은 흑의의 어깨에는 머리를 긁어대 하얗게 눈이 내려져 있었다.

참방참방.

어릴 적 자맥질을 하고 놀았다지만, 금마옥에 갇힌 이후 목욕하는 것은 처음이다.

의외로 기분이 상쾌했다.

담운의 주위로 까만 땟물이 둥둥 떠올랐다.

생각난 김에 옷도 빨았다.

흑의였던 담운의 옷은 놀랍게도 빨면 빨수록 점점 하얗게 변해가고 있었다.

담운의 몸에서 나온 땟물은 그렇게 산 아래로 흘러갔다.

수염과 머리카락까지 정리하는 데 무려 한 시진이나 걸렸다.

한 시진이나 걸려 몸을 씻은 담운은 누런색으로 변한 자신의 예전 흑의를 걸쳤다.

옷은 아직 마르기 전이라 축축했다.

"흡."

내공을 끌어올리자 담운의 몸 주위로 아지랑이가 피어올랐다.

옷에 있던 수분을 모조리 날려 버린 담운은 개운함을 느끼며 다시 담양현으로 발걸음을 옮겼다.

第二章
나 음적 아니다

목욕재계까지 하고 나니 이미 오랜 시간이 지나 해는 저물어가고 있었다.

담운은 감옥을 나온 후 사람이란 깨끗해야 한다는 한 가지 사실을 깨달았다.

씻은 효과가 있는지 담양현에서 담운을 피하는 사람은 더 이상 없었다.

씻고 난 담운은 환골탈태(換骨奪胎)를 했다 해도 이상하지 않을 정도였다.

머리카락은 부스스했지만 거무죽죽한 때가 사라지자 뽀얀 살결이 모습을 드러냈다.

깔끔하게 수염도 깎자 비로소 그가 말한 훤칠한 사람이 될 수 있었다.

덕분에 사람들과 이야기도 나눌 수 있었다.

곳곳에 탐문을 해봤지만 상왕을 아는 자를 찾을 수 없었다.

허탈해하던 담운의 발걸음이 멈췄다.

담운이 멈춰 선 곳은 청월객잔(聽鉞客盞)이라는 곳 앞이었다.

향긋한 음식 냄새에 자신도 모르게 멈춘 것이다.

그리고 보니 오늘 하루 꼬박 굶었다는 사실도 떠올랐다.

담운이 들어서지 못하고 서성거리자 남은 음식을 버리기 위해 밖으로 나왔던 점소이가 직접 마중을 나왔다.

"밖에 계시지 말고 들어오시죠."

물끄러미 점소이를 보던 담운이 말했다.

"말 좀 묻겠다."

대뜸 나오는 반말에 점소이는 속이 뒤틀렸지만 투철한 직업정신을 발휘해 생글거리며 답했다.

"일단 안으로 들어오시죠, 소협. 운 좋게도 지금 딱 한 자리만 남았습니다요."

"그, 그럴까? 험험. 그러지, 뭐."

담운은 못 이긴 척 객잔 안으로 들어섰다.

점소이의 안내로 구석자리로 안내된 담운은 다시 물었다.

"혹시 상왕이라고 아나?"

“상왕? 그게 뭡니까요? 새로 나온 음식입니까?”

“예전에 저 골목 지나 만두가게가 있었을 텐데? 그곳의…….”

담운이 말을 끝마치기도 전에 객잔의 문이 벌컥 열렸다.

“이봐! 장칠아! 누님 오셨다!”

고개를 갸웃거리며 담운의 이야기를 듣던 점소이의 고개가 획 돌아갔다.

그곳에는 매옥향과 시비가 서 있었다.

“이 자식아! 누님이 오셨으면 버선발로 뛰어나와야지!”

“누님!”

장칠이라 불린 점소이가 후다닥 달려가 매옥향의 품속으로 뛰어들었다.

하지만 장칠은 꿈에 그리던 매옥향의 품에 안길 수 없었다.

퍽!

시비가 검집째로 장칠을 후려쳤기 때문이다.

장칠은 땅바닥에 개구리처럼 쫙 뻗고 말았다.

“어디 감히 아씨의 몸을 함부로 껴안으려고?”

“잘했어, 소접아. 얘가 한동안 안 봤더니 개념을 상실했네.”

혀를 쯧쯧 찬 매옥향은 장칠을 일으켜 세우지 않았다. 그저 뻗어 있는 장칠을 넘어 객잔 안으로 들어섰을 뿐.

한눈에 봐도 이미 일층은 만석이었다.

앉을 자리가 없자 매옥향은 눈살을 찌푸렸다.

소접이라 불린 시비는 눈치 빠르게 이층으로 향하는 계단으로 뛰어갔고, 삼층까지 둘러본 후에야 다시 매옥향에게 돌아왔다.

"아씨, 빈자리가 없는데요?"

"누님…… 자리…… 없어요."

비척비척 몸을 일으키며 하는 장칠의 말에 매옥향은 그의 머리통을 후려쳤다.

"그럼 진작 말했어야지!"

변명할 시간도 없이 장칠은 다시금 차가운 객잔의 바닥에 개구리처럼 몸을 누이고 말았다.

항상 멀리 다녀온 후에는 청월객잔에서 음식을 먹는 것이 매옥향의 버릇이었다.

다른 객잔으로 가보자고 말해봤자 씨알도 먹히지 않을 게 뻔했기에 소접이라 불린 시비는 빈자리를 찾아보았다. 그편이 더 빠를 테니까.

소접은 다시 한 번 객잔의 구석구석까지 쭉 둘러보았다.

손님들이 삼삼오오 모여 앉아 빈자리가 없었다.

한동안 훑고 나서야 구석진 자리에 혼자 앉은 남자를 발견했다.

"아씨, 저기…… 합석해야겠는데요?"

"어디?"

“저기요, 저기.”

소접이 손가락을 뻗어 담운을 가리켰다.

담운을 발견한 매옥향은 코웃음을 쳤다.

“흥! 내가 저런 남자랑 같이 합석하고 밥 먹어야겠니? 옷은 저게 또 뭐야? 머리카락은 산발을 하고.”

“그럼 딴 데 가시든지, 아니면 자리 날 때까지 서 있죠, 뭐. 전 바쁘지도 않고, 배고프지도 않아요.”

“뭐하니? 어서 가서 물어보지 않고.”

매옥향의 명령에 소접은 투덜거리며 담운이 앉은 탁자로 걸어갔다.

“소협, 혹시 혼자 오셨나요?”

담운은 소접을 물끄러미 올려다보았다.

아까 몇 시진 전만 해도 죽일 듯이 달려들던 그녀다.

눈빛을 보아 자신을 알아보는 것 같지는 않았다.

“나 혼자야.”

소접은 담운의 반말에 기분이 상하기는 했지만 아쉬운 쪽은 자신들이라 애써 꾹꾹 참았다.

“그럼 합석해도 될까요?”

“그러든지.”

어차피 밥을 먹을 것도 아니었고, 그저 상왕의 소재만 알면 되니까 상관없었다.

소접이 손짓하자 매옥향이 느릿느릿 걸어왔다.

“소접아, 이 소협이 앉아달라고 부탁하든?”

소접의 눈은 ‘이 여자가 무슨 소리를 하는 거야?’ 라고 묻고 있었지만 대답은 달랐다.

“네.”

“고마워요, 소협.”

고개만 까딱하고 도도하게 인사를 마친 매옥향이 자리에 앉자 정신을 차린 장칠이 비틀거리며 다가왔다.

“누님, 여기 합석하시죠.”

“넌 어떻게 후고를 그렇게 잘 치니?”

“후고요?”

“뒷북 말이야. 됐으니까 그거나 가져와.”

“매일 드시는 그거?”

“맛있게 해서 가져다줘.”

“물론이죠, 누님. 그럼 소협은 어떤 걸로 주문을 하시겠습니까요?”

장칠의 물음에 담운은 다시금 상왕의 이야기를 꺼냈다.

“난 음식은 됐고, 그러니까…… 상왕…….”

“우리가 합석했으니 이 소협 것도 내가 내도록 할게. 우리랑 같은 걸로 가져다줘. 괜찮죠, 소협?”

“아니, 그러니까…….”

“맛있으니까 걱정하지 마세요. 장칠아, 뭐하니?”

“네네, 갑니다요! 조금만 기다리십쇼!”

"야, 야! 내가 물었잖아! 어디 가, 너!"

담운의 외침이 끝나기도 전에 장칠은 쏜살같이 주방으로 사라져 버렸다.

일을 저질러 버린 매옥향은 생글거리며 웃을 뿐이었다.

'가만. 밥을 산다고?'

담운은 돈이 없다.

아까 만두가게 앞에서 적선받은 철전 하나가 전부였다.

이십 년간 금마옥에서 복역하고 나오는데 한 푼 쥐어주지도 않았다.

금마옥에서는 음식 찌꺼기로 만든 꿀꿀이죽이나마 줬지만 사회는 결코 호락호락하지 않았다.

돈이 없으면 굶어야 한다.

그것이 바로 세상 돌아가는 이치였다.

"흠흠, 뭐 사려면 사든지."

밥 앞에 무너지는 담운이었다.

일단 주는 음식은 먹고, 그다음 상왕에 관해 물어보면 그만이다.

담운은 사방에서 퍼져 나오는 향긋한 음식 냄새를 음미하며 기대감을 감추지 못했다.

매옥향이 꽤나 큰손님이었던지 금방 음식이 쏟아져 나왔다.

술은 기본이요, 껍질을 바삭하게 구운 오리와 양념에 재운

돼지고기, 거기다 맛깔나 보이는 소면까지.

허기가 반찬이라지만 기본적으로 음식이 맛있었다.

꿀꿀이죽에 길들여진 담운의 혀 위에서 음식은 사르르 녹았다.

"오, 오오오! 이런 맛이라니!"

라든지, 혹은,

"아아, 살다 살다 이런 맛은 처음이야."

같은 이상한 추임새와 함께 걸신들린 듯이 음식을 먹어치우고 있었다.

소접과 매옥향은 젓가락만 들고 멍하니 담운의 음식 먹는 모습만 바라보았다.

삼 인분의 음식이 모조리 담운의 뱃속으로 사라지는 것은 한 식경도 걸리지 않았다. 아마 시간을 재보았다면 일다경 정도?

그것마저 모자랐던지 담운은 손가락을 쪽쪽 빨며 아쉬운 눈빛을 보였다.

"저기…… 더 시켜야 되겠죠, 아씨?"

"그래…… 그래야지. 우리도 먹어야지. 소협도 모자라죠?"

"과식하면 안 되는데…… 뭐, 더 시키면 먹고."

"……충분히 과식한 것 같은데요."

떨떠름하게 말한 소접은 음식을 더 주문했다.

그렇게 계속 추가된 음식에도 불구하고 담운은 무려 십 인분을 먹어치웠다.

"후아, 배부르다."

배를 채운 담운이 의자에 늘어지며 감탄성을 토해냈다.

탁자 위는 담운이 먹어치운 음식의 잔해로 전쟁터를 방불케 하고 있었다.

"왜 안 먹어? 입맛이 없나?"

후안무치(厚顔無恥).

담운을 두고 하는 말이다.

음식을 십 인분이나 먹었다면 고맙다는 인사라도 해야 당연할진데 담운은 일언반구도 없었다.

그저 자신의 배를 쓰다듬으며 만족스러워할 뿐이었다.

"하아, 식욕이 달아났어."

음식에 젓가락을 대보지도 못하고 멍하니 읊조리는 매옥향의 중얼거림에 소접은 깜짝 놀랐다.

담운만큼은 아니지만 그녀도 이삼 인분은 족히 먹어치웠던 것이다.

그렇게 먹어대고도 저런 몸매를 유지한다고 얼마나 속으로 욕을 했던가.

그런 그녀의 식욕을 떨어뜨리게 만드는 존재라니.

소접은 경이로운 시선을 담운에게 던졌다.

그런데 보다 보니 왠지 모르게 낯이 익다.

한동안 담운을 빤히 바라보던 소접이 고개를 갸웃거렸다.

“소협? 혹시 우리 어디서 만나지 않았던가요?”

“응? 난 처음 보는데?”

눈살을 찌푸린 소접이 말했다.

“낯이 익어요.”

“낯이 익다구?”

“네. 분명 어디선가 만났어요.”

그녀들이 들어서는 순간부터 담운은 이미 그들이 누구인지 알고 있었다.

다만 그녀들이 아는 척을 하지 않아서 모른 척했을 뿐이다.

자신이 누구인지 알았다면 칼부터 빼고 달려들었을 게 뻔하다.

지금은 생각나지 않았을지도 모르지만, 약간의 시간이 더 주어진다면 자신의 정체를 들킬지도 모를 일이다.

정체가 탄로 나기 전에 지금은 빠져야 될 순간이다.

상왕에 관해 물어봐야 하지만 발품을 조금 더 팔아보기로 했다.

“잘 먹었다. 그럼 난 이만.”

“어, 어…… 그래요.”

엉겁결에 대답한 매옥향을 뒤로한 채 담운은 객잔을 나섰다.

배가 부르니 머리 굴리는 것도 귀찮았다.

상왕은 어딘가에 있을 테니 잡으면 그만이다.

물론 그를 잡는 것은 어려운 일일 테지만 자신에게는 이십 년간 죽음을 겪으며 배운 것들이 있다.

객잔을 나선 담운은 주먹을 꽉 쥐며 하늘을 쳐다보았다.

상왕을 잡지 못하면 끝나지 않을 복수는 이제부터 시작이다.

그때, 객잔에서 찢어지는 목소리가 터져 나왔다.

"뭐? 그게 정말이야? 저놈이 그 음적 자식이라구?"

"맞아요! 목소리가 비슷해! 아니, 똑같아!"

"음적 놈에게 내가 밥을 사줬단 말이야! 넌 안 말리고 뭐했어!"

"아씨, 지금 그게 문제예요? 잡아야죠, 음적!"

우당탕! 쿠당탕!

객잔이 난리가 나고, 객잔의 문이 박살 나며 매옥향과 소접이 씩씩거리며 나왔다.

하지만 이미 그곳에는 담운의 그림자조차 보이지 않았다.

다음날 아침.

담운은 수척해진 얼굴로 담양현 거리에 나타났다.

두 눈은 퀭하고 볼은 광대뼈가 도드라지게 드러나 보였다.

지난밤 과식으로 설사를 하느라 한숨도 못 잔 탓이다.

바지를 부여잡고 쓰라린 항문을 달래며 어슬렁어슬렁 담양현의 거리로 나섰다.

살살 아려오는 배를 쓰다듬고 있는데 뒤편에서 여인의 목소리가 들렸다.

"드디어 잡았다."

목소리는 매우 밝았다.

석 달 열흘간 계속된 변비를 끝냈을 것 같은 상쾌함이 담겨 있었다.

담운은 고개를 돌려 등 뒤를 바라보았다.

"도대체 누구……."

담운의 얼굴을 확인한 매옥향은 자신도 모르게 숨을 들이마시며 한 발자국 뒤로 물러났다.

"헉! 당신 왜 이래!"

"하악, 하악! 가, 같이 가요, 아씨! 제발 좀!"

헐레벌떡 도착한 소접도 담운의 얼굴을 확인하고는 매옥향과 같은 반응을 보였다.

"어머, 아씨! 벌써 시작하신 거예요? 무슨 무공을 쓰셨기에 사람이 이 지경이 된 거예요? 이번에 새로 배우신 풍파칠절권(風破七絶券)이라도 사용해 보신 거예요?"

"어머, 얘는? 난들 알겠니? 나 아직 손도 안 댔어. 이건 사람이 아니라 반송장이네."

음적을 잡고자 꼬박 하루 동안 거리를 이 잡듯 뒤졌는데 가까스로 찾아낸 음적이 반송장이다 보니 괜히 불쌍한 생각도 들었다.

매옥향은 동정심을 애써 억누르며 눈에 힘을 주었다.

"당신, 나 알지?"

"모르는데?"

"속일 생각 하지 말고! 당신이 어제 산에서 무슨 짓을 저질렀는지는 알고 있겠지? 게다가 시침 뚝 떼고 나한테서 밥도 얻어먹었고. 내가 어제 미리 제삿밥을 사줬으니 나한테 죽어도 원망하지 마라."

뿌드득.

매옥향이 주먹을 말아 쥐었다.

"그래…… 죽이든지 말든지. 난 어제 네가 사준 밥을 먹고 이 지경이 됐으니 벌써 한 번 죽은 거나 마찬가지야. 한 번 죽은 놈이 두 번 죽지 말란 법도 없으니 두 번 죽여도 상관없어."

"그, 그래?"

매옥향은 자신도 모르게 말을 더듬고 있었다.

어제 사준 밥.

그것이 잘못됐단 말인가?

"죽기 전에 하나만 물어보자."

"뭐, 뭔데?"

"상왕이라고…… 혹시 알아?"

"상왕? 그게 누군데?"

소접도 고개를 젓는 모양새가 아무래도 모르는 투다.

상왕을 모른다면 그녀들과 볼일은 없다.

"몰라? 그럼 난 볼일 없어. 그럼 이만."

"잠깐만."

비척거리며 떠나려는 담운을 매옥향이 붙잡았다.

"아직 내 볼일은 끝나지 않았거든?"

"볼일? 무슨 볼일? 내 볼일은 끝났는데?"

"아까랑 말이 다르잖아! 두 번 죽여도 된다며!"

매옥향이 눈에 쌍심지를 켜고 으르렁거렸다.

"말이 그렇다는 거지. 앞날이 창창한 내가 설마 죽어주겠어? 그리고 댁이 준 음식 때문에 내가 죽을 뻔했다니까?"

"어림없는 수작질은 그쯤에서 멈추시지."

"그래, 좋아. 이쯤에서 우리 합의하도록 하자고. 참고로 나는 죽어줄 수 없어."

매옥향은 코웃음을 쳤다.

"나도 양보할 수 없다."

"그래서 어쩌자고?"

담운의 되물음에 소접이 답했다.

"내가 어제 말했을 텐데. 눈을 내놓고 가라고. 감히 더러운 눈으로 아씨의 백옥 같은 나신을 탐했으니 값은 치러야지."

백옥 같은 나신이라는 말이 마음에 들었던지 매옥향은 흡족한 얼굴로 동의하며 고개를 끄덕였다.

담운은 한숨을 내쉬었다.

"후우, 난 못 봤어."

"지금 그걸 믿으라고 하는 말은 아니지?"

"진짜 못 봤어. 믿지 않아도 좋아."

담운의 당당함에 매옥향이나 소접은 잠시 당황했다.

그렇다고 그냥 놔주기에는 뭔가 찜찜한 것이 사실이다.

소접이 갑자기 물었다.

"아씨의 엉덩이에 있는 점의 크기는?"

"엄지손톱. 빨간색."

"……."

그때서야 담운은 자신이 하지 말았어야 할 대답을 해버렸다는 것을 깨달았다.

거기다 친절하게 질문하지 않은 것도 대답해 버렸다.

우두둑.

매옥향의 손에서 무시무시한 소리가 흘러나왔다.

"아차! 이거 튀어야겠네?"

콰쾅!

매옥향의 주먹이 대로를 뒤흔들었다.

대로변이라 주먹 한 점에 내공을 모았기 때문에 산에서와 같은 거대한 흔적은 남지 않았다.

담운의 모습은 이미 보이지 않았다.

다만 매옥향의 주먹이 팔꿈치까지 땅바닥에 박혀 있을 뿐이다.

"이런 쥐새끼 같은 놈!"

분노에 찬 매옥향의 고함이 다시금 담양현을 뒤흔들었다.

상왕의 흔적은 어제와 마찬가지로 이상하게도 찾을 수 없었다.

근처 가게에도 수소문해 보고, 나이가 많은 사람에게도 물어보았다.

그들의 대답은 한결같았다.

"상왕? 그게 뭔데?"

마치 그런 사람 따위는 모른다는 대답이었다.

이쯤 되자 담운은 자신의 기억이 의심됐다.

이십 년 전, 담운은 만두를 훔치다 잡혔고 무기를 패용한 무사들이 무림맹으로 압송했다.

압송당하기 직전, 담운을 내려다보며 만두가게 주인은 분명히 자신을 상왕이라 칭했다.

이십 년간 되뇌고 되뇌었던 말이기 때문에 토시 하나 틀리지 않았다.

상왕이라는 자 때문에 얼마나 많은 눈물을 흘려야 했던가. 거기다 금마옥의 최하층으로 옮기는 와중에 얼마나 많은 괴롭힘을 당해야 했던가.

무공 전수를 빙자한 괴롭힘을 당하느라 얼마나 많은 시간을 뜬눈으로 지새워야 했던가 말이다.

“너 운이 아니냐?”

건물 구석 어귀에 앉아 머리를 쥐어뜯던 담운은 들려오는 목소리에 고개를 들었다.

“맞지? 나야 나. 곽대보. 모르겠어?”

누더기를 걸친 비쩍 마른 청년이 담운을 쳐다보고 있었다.

담운은 고개를 갸웃하더니 뭔가가 떠올랐던지 자리에서 벌떡 일어났다.

“어어! 대보!”

“그래! 나 대보야. 이게 얼마 만이냐?”

곽대보는 반가운 마음에 담운을 껴안았다.

어린 시절 같은 고아 신세라 친하게 지냈던 친구가 바로 곽대보였다.

“말도 없이 갑자기 사라져서 서운했는데 이곳에 살고 있었어?”

“뭐, 사정이 좀 있었지. 그런데 넌 옷이 왜 그러냐?”

곽대보는 여기저기 기운 옷을 내려다보며 쓰게 웃었다.

“나도 사정이 좀 있다. 너 혹시 개방(丐幫)이라고 들어봤냐?”

“개방? 그… 거지들이 모였다는 그곳?”

“그래. 너 사라지고 얼마 후에 사부님을 만나 개방에 들어가게 됐지.”

담운은 큰사부에게 들었던 문파들에 관해 떠올랐다.

개방은 구파일방(九派一幫) 중 한곳으로 머릿수만으로 수십만을 헤아리는 곳이다.

머릿수가 많다 보니 정보수집에도 뛰어난 곳이다.

담운은 곽대보에게 물었다.

"너 혹시 상왕이라고 아냐?"

"상왕? 그게 뭔데?"

곽대보는 고개를 갸웃거렸다.

아직 곽대보의 위치가 정보를 다룰 정도는 아니었기에 모르는 것이었다.

담운은 어깨를 으쓱했다.

"모르면 어쩔 수 없지."

"야야, 그건 됐고. 오랜만에 만났는데 술이라도 한잔해야지?"

"나도 그러고 싶지만 할 일이 좀 있어서."

"그게 뭔데? 아까 물어본 상왕에 관한 이야기야?"

"응. 내가 그 양반한테 빚진 게 있거든."

담운의 대답에 곽대보는 주위를 둘러보더니 낮은 목소리로 말했다.

"빚이면 그냥 모른 척해. 찾아가면서까지 줄 필요는 없잖냐."

"내가 받는 거라서 그럴 순 없어."

"그래? 그럼 내가 도와줄까?"

담운은 흔쾌히 고개를 끄덕였다.

"그래 주면 나야 고맙지."

"좋았어. 요즘 어디서 지내나?"

"아직 거처는 못 정했어. 할 일이 좀 많거든."

"그러냐? 상왕에 관해 알게 되면 어디로 연락해?"

담운은 볼을 긁적거렸다.

"글쎄다."

"그럼 이렇게 하자. 내가 여기 담당이라 어디로 가거나 하
는 건 아니거든? 그러니까……."

곽대보는 주위를 둘러보더니 담운의 뒤쪽 담벼락을 가리
켰다.

"내가 담벼락에 표시를 해둘게."

"표시?"

"응. 이렇게……."

곽대보는 담운이 알아보도록 벽에 뭔가를 그렸다.

얼핏 보면 새 같기도 하고, 자세히 보면 글자 같기도 한 이
상한 모양이었다.

모양을 다 그린 곽대보는 환하게 웃었다.

"이게 그려진 곳에는 내가 있으니까 거기로 오면 돼."

"그래, 고맙다."

"친구 사이에 고맙긴."

곽대보는 뒤통수를 긁적이며 쑥스러워했다.

그때 골목 어귀에서 중년인이 곽대보를 불렀다.

"대보야, 이놈아! 거기서 뭐 하느냐!"

"헛. 분타주님! 곧 갑니다!"

곽대보는 화들짝 놀라 크게 대답하고는 담운에게 손을 흔들었다.

"오랜만에 만났는데 이렇게 헤어져야 되네. 그럼 나중에 또 보자."

"그래. 조심해서 가라."

곽대보가 멀어지자 담운은 다시 자리에 앉았다.

"많이 컸네, 녀석."

곽대보는 어릴 때부터 몸이 약했다.

담운과 함께 고아 출신이라 동네 아이들에게 놀림 받고 자랐다.

그럴 때마다 담운은 놀리는 아이들을 흠씬 두들겨 주었다.

얻어 맞은 아이들은 울면서 부모님을 데려왔고, 담운과 곽대보는 그런 아이들을 놀리며 도망치곤 했다.

어린 시절이 떠올라 흐뭇하게 웃던 담운의 귓가로 두런두런 나누는 이야기 소리가 들려왔다.

"이봐, 이번 달 표행비가 미납이던데, 장사하기 싫어?"

"요즘 경기가 좋지 않아서 말입니다. 조금만 말미를 주시면……."

"경기? 이봐, 지금 뭐하자는 거야? 우리는 목숨을 내놓고

당신 물건을 옮겨줬잖아. 그럼 목숨 값은 당연히 줘야지. 그
걸 먹고 튀려는 심보야?”

“그건 아니지만 물건이 팔리지 않아서 말입니다…….”

“그건 당신 사정이고. 뭐, 좋아. 기왕지사 돈이 없다면 다
른 거로라도 때워야지. 일단 물건을 가져갈 테니 돈이 생기면
찾아가도록.”

“어이쿠, 나리! 그, 그것만은 안 됩니다요. 물건을 팔아야
대금을 지급하지 않겠습니까요.”

“표행을 보냈으면 이익이 났을 것 아냐. 그런데 지금 배 째
라고 드러눕는 이유는 도대체 뭐야?”

붉은 수실과 푸른색 검집을 등에 패용한 무사 네 명이 담운
의 시선에 들어왔다.

담운의 눈이 이채를 발했다.

이십 년 전, 무림맹으로 그를 압송했던 무사들이 패용했던
검과 동일했다.

“찾았다.”

담운의 입가에 반가운 미소가 떠올랐다.

그 미소가 조금은 살벌해서 문제지만.

무사를 미행한 지 무려 세 시진.

영업장 몇 곳을 들른 그들은 담양현을 나서서 삼양현으로
향하는 산길을 걷고 있었다.

담운의 계획은 그들을 붙잡아 상왕에 대해 물어본다. 상왕에 관해 안다면 그만이고 모르면 무림맹에 동행한다.

같이 동행하려 하지 않는다면 실력행사를 하면 그만이다. 매에 장사는 없으니까.

상왕은 무림맹주의 조카니까 무림맹으로 가면 뭔가 흔적이라도 찾게 될 게다.

연줄도 없이 무림맹에 가는 것과 그나마 아는 사람을 통해 무림맹에 가는 것 중 확실히 후자가 모양새도 나쁘지 않다.

자신을 뒤따르고 있는 사람이 있는 줄도 모르고 무사들은 희희낙락한 표정이었다.

무사들은 자신의 두둑해진 전낭을 만지작거리며 행복한 미소를 짓고 있었다.

"전 조장님, 이번 달은 조장님 덕분에 일이 수월하게 끝났습니다. 정말 전 조장님의 수완에는 감탄을 금할 수 없습니다."

"당연하지 않소이까? 벌써 이십 년 동안 여러 지부의 수금을 담당하고 계시지 않소이까. 이미 달인의 경지에 오르신 게 분명하외다."

"크흐흠. 무공을 익힌 무인이 그런 수완 따위 좋아서 무에 쓰겠나. 나 전소갈은 무인일세, 무인."

전 조장이라 불렸던 전소갈이 얼굴을 찌푸리자 나머지 세 명의 무사는 전전긍긍하며 그를 달래기 시작했다.

전 조장의 무공이 담양현 최고라느니 무림맹 내당으로 가
야 마땅하다느니.

들고 있기 괴로울 정도의 아부에 미행하던 담운은 전날 먹
은 밥이 다시금 항문을 뚫고 나오는 기분이었다.

아부를 듣는 전소갈도 편치 못한 얼굴로 미간을 좁히고 있
었다.

수금하는 수완이 좋으면 뭐하겠는가?

그들이 걷은 돈은 그대로 무림맹으로 들어가야 하는데.

그렇다고 무공을 가르쳐 주는 것도 아니고, 그야말로 잡부
와 다름없었다.

무림맹이라는 뒷배가 있기 때문에 눈에 힘주고 다니지만,
무림맹이 없다면 그들은 소속도 없는 낭인 나부랭이일 뿐이
다.

어쨌든 담운의 예상대로 그들은 무림맹 호북지부 소속의
무인들이었다.

일단 저들을 잡아 닦달해 보면 상왕에 관해 알 수 있으리
라.

담운이 무사들을 덮치려는 순간, 누군가가 선수 쳤다.

"멈추거라!"

"대제께서 멈추라신다!"

"와아!"

짐승 가죽을 걸치고 손에는 쇠스랑, 도끼, 검 따위의 날붙

이를 든 산적 스무 명가량이 사방 수풀에서 쏟아져 나왔다.

산적들이 무림맹 무사를 포위하는 것은 그야말로 순식간이었다.

기회를 빼앗긴 담운은 일단 새로 나타난 자들을 살폈다.

산적의 움직임을 살피던 담운은 작은 탄성을 토해냈다.

산적들은 어중이떠중이로 보였지만 몸의 균형이 잘 잡혀 있고 근육도 고르게 발달했다.

외양으로 보자면 어중이떠중이 산적은 결코 아니었다.

전소갈을 포함한 무림맹 무사들은 서로 등을 맞대고 갑작스런 사태에 대비했다.

대비를 마치자 전소갈이 대갈했다.

"너희는 누구냐! 감히 무림맹 소속 무사들을 핍박하고도 무사할 것 같으냐!"

사내들 중 가장 덩치가 크고 머리털이 하나도 없는 대머리가 답했다.

"무림맹 내당이라면 모를까 고작 외당 소속 따위에게 겁먹을 것 같으냐?"

"뭣이!"

쥐 수염을 기른 무림맹 무사가 발끈하며 앞으로 나서려 하자 전소갈이 만류하며 작은 목소리로 말했다.

"무림맹 소속임을 알고도 포위를 풀지 않네. 잠시 기다려 보게."

쥐 수염 무사도 전소갈의 긴장한 모습에 경거망동하지 못하고 한 발 물러섰다.

전소갈이 대머리에게 물었다.

"녹림 소속이시오?"

"그렇다면?"

"만약 당신들이 녹림도라면 우리는 당신들의 영역을 침범했으니 녹림의 법을 따르겠소."

"우리 녹림도라고 말 안 했는데?"

"그대들이 녹림도가 아니라면…… 맹을 무시하고 우리를 핍박한 죄를 묻겠소."

전소갈의 비장한 말에 대머리가 파안대소했다.

"크하하하! 생긴 것도 비겁해 보이더니 하는 짓도 비겁하구나! 우리가 녹림도면 어떻고 아니면 어떻더냐? 너희는 내가 잡은 쥐새끼들인데 내가 너희에게 겁을 먹어야 되는 이유가 무엇이더냐!"

"쥐, 쥐새끼? 이놈이 감히!"

차창!

평소 듣는 별명에 울컥한 쥐 수염의 무사가 참지 못하고 검을 뽑아 들었다.

"나를 쥐새끼라고 부르는 것은 참을 수 있다! 내 별명이니까! 하지만 쥐새끼라고 놀리는 것만은 참을 수 없다!"

그를 필두로 나머지 두 명도 검을 뽑아 들었다.

지금은 불리한 상황이므로 전소갈은 다급히 셋을 말렸다. 하지만 이미 눈이 돌아가 버린 세 명의 무사는 자신들을 둘러싼 산적을 향해 달려들었다.

차창, 차차창!

찔러가는 검을 산적 하나가 막아내자 세 방향에서 둘러싸고 무림맹 무사를 향해 공격을 퍼부었다.

일다경 정도가 지나자 전소갈을 제외한 무림맹 무사 셋은 나란히 바닥에 쓰러져 있었다.

전소갈은 당황했다.

산적들의 실력이 의외로 강했기 때문이다.

보통 산적과는 몸놀림부터가 달랐다.

대머리가 코를 벌름거렸다.

"쿵쿵, 아무리 봐도 너한테서 돈 냄새가 난다. 얼른 내놓고 물러가거라. 목숨만은 보존해 주마."

전소갈은 돌아가는 상황에 절망했다.

쓰러진 무사 셋과 전소갈의 실력 차이는 그리 크지 않다.

작정하고 세 명이 달려들면 전소갈도 쉽게 이길 수 없다.

그런 세 명의 무사를 가볍게 제압하는 그들의 연계 공격이라니……

전소갈은 최대한 몸을 웅크리고 산적들을 노려보았다.

전낭을 빼앗긴다면 어떤 처벌을 받게 될지 모를 일이다. 차라리 이곳에서 목숨을 내놓는 편이 나을 것이다.

목숨까지 내놓을 각오를 하자 전소갈의 기도가 달라졌다.

일촉즉발의 상황.

담운은 솔직히 남을 위해 싸우기는 죽어도 싫었다.

상왕만 아니었다면 상관하지 않았을 것이다.

위기의 상황이 닥치자 담운은 한숨과 함께 산적들에게로
향했다.

당장에라도 칼부림이 벌어질 상황에서 담운이 나타났다.

"뭐야, 이 사람들은? 산길 전세 냈나? 길 좀 가자. 비켜봐."

담운은 산적들을 헤치고 앞으로 나오고 있었다.

"이, 이놈은 뭐야?"

"으어억!"

담운은 자신을 가로막는 산적들을 가볍게 밀었다.

떠밀린 산적들이 당황하며 무기를 휘둘렀지만 이상하게도
담운의 옷깃조차 건드리지 못했다.

장난처럼 툭툭 산적들을 밀고 전소갈을 지나친 담운은 대
머리 산적의 앞에 섰다.

담운이 지나온 길에 있던 산적들은 모두 밀려나 있었다.

"호오, 이 양반은 덩치가 크네. 이봐, 길 막지 말고 좀 비키
지? 조망권 침해야. 그거 알아?"

대머리가 눈을 빛내며 물었다.

"네놈은 누구냐?"

"나? 지나가던 과객."

지나가던 과객이 자신의 수하들을 가볍게 제압한다?

개가 웃을 일이다.

"장난치지 말고 네놈 정체가 뭐냐?"

"아, 눈치챘나? 난 그냥 지나가던 과객이 아냐. 불의를 보면 참지 못하는 지나가던 과객이다."

계속되는 말장난에 대머리가 폭발했다.

"네놈 이름이 뭐냐고!"

"진작 그렇게 물어야지. 내 이름은 담운이다."

수하들을 가볍게 제압할 수 있는 실력자라면 무공 실력이 자신과 비슷하다고 봐야 한다.

어린 나이에 그 정도의 실력을 가진 담운이라는 자는 아무리 기억을 뒤져 봐도 찾을 수 없었다.

한동안 생각에 잠겨 있던 대머리가 정신을 수습했다.

어쨌든 지금은 눈앞의 정체 모를 담운이라는 자가 문제가 아니라, 전소갈이 지니고 있는 전낭을 빼앗는 것이 우선이었다.

눈앞에 이상한 놈과 드잡이를 하다가 전소갈을 놓치기라도 한다면 추궁을 면치 못할 게 뻔하다.

생각을 마친 대머리는 화를 가라앉혔다. 자존심 상하긴 하겠지만 한발 물러서기로 했다.

“지금은 그냥 놔두도록 하지. 얼른 꺼져라.”

대머리가 길을 비키자 담운은 뒤통수를 벅벅 긁었다.

“내가 불의를 보면 못 참거든. 지금 딱 보니 여러 명이 하나를 핍박하는 걸로 보이는데 그냥 지나가면 남자가 아니지.”

“놔줄 때 그냥 꺼져라. 후회하지 말고.”

대머리가 음산하게 말했다.

반면, 담운은 장난스럽게 대답했다.

“후회? 내가 후회 따월 할 사람으로 보여? 내가? 난 후회 따위는 모르는 사람이야. 그나저나 댁도 눈치 더럽게 없구만.”

“무슨 소리냐?”

“난 내 갈길 가는 게 문제가 아냐. 지금 당신에게 시비를 걸고 있는데 모르겠나?”

“결국 권주를 마다하고 벌주를 택한단 말이렷다?”

대머리가 눈을 빛냈다.

전소갈이 주춤주춤 물러났다.

대머리가 눈짓을 하자 담운에게 밀려났던 산적들이 퇴로를 차단했다.

도주의 희망을 잃어버린 전소갈이 이제 기댈 곳이라고는 거지처럼 보이는 담운뿐이었다.

대머리가 천천히 검을 뽑아 들었다.

검을 본 담운이 피식 웃었다.

"산적 주제에 제법 비싸 보이는 검이네? 산적질도 제법 짭짤한가 봐?"

담운의 도발에도 대머리는 동요하지 않았다.

눈앞의 적을 죽이기로 마음먹었기 때문이다.

마음을 정하자 대머리에게서 흉포한 기운이 뿜어져 나왔다.

슈아아악.

공기가 심상치 않다.

첫 실전인지라 담운도 적잖이 긴장하며 자세를 낮췄다.

프아앙!

대머리의 검이 사선으로 대기를 갈랐다.

슈아악!

섬뜩한 소리와 함께 한줄기 바람이 담운을 향해 쏘아졌다.

"거, 검풍!"

전소갈이 경악하며 외쳤다.

담운은 상체만 살짝 젖혀 바람을 피해냈다.

스카칵!

바람이 스치고 지나간 아름드리나무가 기괴한 소리와 함께 바닥에 쓰러졌다.

검풍(劍風)은 절정의 경지에 오른, 무림맹으로 치자면 내당(內黨) 소속의 무사들 정도는 돼야 사용할 수 있는 기술이다.

검풍은 문자 그대로 검에 담긴 기운을 바람에 실어 날려 보내 상대방을 공격한다.

무인들의 경지를 나누는 방법으로 검사, 검풍, 검강(劍罡)을 꼽을 수 있다.

일류무사는 검사(劍絲)를 사용할 수 있다.

검에 내공을 실처럼 두르는 기술이 바로 검사다.

검사에서 기술을 더욱 발전시키면 검강이 된다.

검사와 검강의 중간 단계가 바로 검풍이다.

초절정무사의 기준은 검강을 사용할 수 있느냐 없느냐에 달렸다고 해도 과언이 아니다.

그런 검풍을 산적 따위가 사용했으니 전소갈이 턱이 빠져라 입을 벌리고 있는 것은 당연했다.

대머리의 공격은 한 번으로 끝이 아니었다.

대머리는 노련하게도 검을 찌르고 베는 틈틈이 검풍을 섞어 넣고 있었다.

검풍만 죽어라 쏴댄다면 대머리의 내공이 모두 소모될 때까지 도망 다니겠지만, 초식 중간 중간에 검풍을 섞어 넣고 있었기 때문에 시간을 끄는 것은 그리 좋은 선택은 아니었다.

거기다 대머리의 내공도 상당히 출중했다.

이미 대여섯 번의 검풍을 사용했지만 지친 기색은 전혀 없어 보였다.

웬만하면 실력을 노출시키지 않으려 했던 담운이지만, 상대가 상대인만큼 결국 손을 쓰기로 마음먹었다.

"이봐! 잠깐, 잠깐만!"

펄쩍펄쩍 뛰며 공격을 피하던 담운이 외쳤다.

승기를 잡은 대머리가 공격을 멈출 리가 없다.

대머리의 검이 횡으로 길게 그어졌다.

검의 방향을 따라 검풍이 비단결처럼 뿜어져 나왔다.

슈카칵!

담운은 헛바람을 들이마시며 몸을 뒤집었다.

땅에 양손을 짚고 뒤로 한 바퀴 회전하며 검풍을 피해냈다. 그사이 땅바닥에 뒹굴던 두 자 정도 길이의 나뭇가지를 집어 들었다.

대머리는 검풍을 쏘아내자마자 공중으로 솟구쳐 올라 담운을 향해 검을 내려찍고 있었다.

숨 쉴 틈도 없는 연계 공격이었다.

급박한 상황임에도 담운의 손이 느릿하게 움직였다.

담운의 나뭇가지는 정확하게 대머리의 검끝을 받아냈다.

카앙!

나뭇가지와 검이 마주치는 소리치고는 상당히 경쾌한 소리가 산기슭에 울려 퍼졌다.

대머리는 손을 짜르르 울리게 하는 경력에 깜짝 놀라며 공중제비를 돌아 땅에 내려섰다.

검과 나뭇가지가 마주쳤지만, 나뭇가지는 전혀 상해 보이지 않았다.

“휴, 이제 숨 좀 돌리겠네.”

담운은 땀도 없는 이마를 훔쳤다.

“네놈은 도대체 누구냐?”

대머리가 진지하게 물었다.

검에 내공을 싣는 것은 쉬운 일이지만, 검에 비하여 단단하지 못한 나뭇가지에 공력을 싣는 일은 상당히 어렵다.

검신(劍神)이라 불리던 무림맹주가 갈대에 내공을 싣고 쇠로 만들어진 검을 잘라낸 적이 있다지만, 그건 초인(超人)의 경지를 넘어선 무림맹주라서 가능한 일이다.

검강을 사용할 수 있는 절정의 고수도 오랫동안 집중을 한다면 나뭇가지에 내공을 싣고 휘두를 수 있다. 자신도 절정의 경지에 이르렀기에 할 수 있었다.

하지만 집중하지 않으면 절대 하지 못하는 기술을 급박한 상황에서 아무렇지도 않게 사용하는 젊은이라니.

그렇다면 초인의 경지에 이르렀다는 말인가?

그럴 리는 없다.

평생을 수련해도 될까 말까 한 초인의 경지에 저렇게 새파란 애송이가 가당키나 한 일인가.

만에 하나라도 자신의 예상이 맞는다면 필패(必敗)다.

대머리의 질문에 담운은 싱긋 웃었다.

“알 바 없잖아?”

“내가 감당하기 힘들겠군.”

대머리는 후련한 얼굴로 검을 내렸다. 표정은 후련해 보였으나 눈빛에는 음험한 무언가가 비쳤다.

대머리가 전의를 상실한 듯 보이자 담운도 수중의 나뭇가지를 거두었다.

순간의 틈을 노려 대머리는 뭔가를 던지며 외쳤다.

"철수한다!"

담운은 반사적으로 날아오는 뭔가를 후려쳤다.

펑!

순간, 매캐한 냄새와 함께 섬광이 번쩍였다.

담운은 자신의 눈을 찌르는 섬광에 일시적으로 시력을 잃고 말았다.

그사이 산적들은 사방으로 튀었다.

"어어! 이것들아! 튀려면 그냥 튈 것이지 이게 무슨 짓이야!"

시력을 잃은 담운이 손을 휘적거리며 산적을 잡으려 애써 봤지만 속절없었다.

산적들의 도망가는 실력 하나만큼은 기가 막혔다.

사방으로 튀어나간 산적들은 순식간에 자취를 감추었다.

침착하게 청력(聽力)만을 이용했다면 산적 한둘쯤은 잡을 수 있었을 것이다.

하지만 담운은 경험이 일천했고, 산적들을 쫓아 멀리 갔다가는 바닥을 뒹굴고 있는 무림맹 무사들의 안위를 장담할 수 없었다.

결국 혼자 덩그러니 남게 된 담운은 시력이 돌아오자 사방을 둘러보며 허탈해했다.

"아이고 나 죽네! 내 눈!"

그의 곁에는 눈을 비비며 바닥을 뒹구는 전소갈과 길게 뻗어 잠에 빠진 세 명의 무림맹 소속 무사만이 남아 있었다.

담운의 나뭇가지가 희미하게 빛나다 사라졌다.

第三章
구삼풍 개새…… 대협?

"그러니까 상왕이 누군지 모른다?"

담운이 바위 위에 걸터앉아 손으로 턱을 괴고 물었다.

전소갈은 고개를 끄덕였다.

"네, 대협. 제가 알기로는 상왕이라는 외호를 쓰는 무림인
은 없습니다."

"그럼 무림맹주 개자…… 님의 개새…… 조카분은?"

담운은 자신의 본심이 나올 뻔했던 상황을 가까스로 수습
했다.

"개자와 개새요?"

"아니, 그건 잘못 말한 거고, 무림맹주…… 님의 조카……

분 말이야."

담운은 이를 악물며 겨우 말을 끝냈다.

"아…… 구삼풍, 구 대협을 말씀하시는 겁니까?"

"구삼풍? 뭐야, 그 쉽게 쓰러질 것 같은 이름은?"

"구 대협의 부모님께서 무당의 장삼봉 조사와 같은 대단한 무인이 되시라고 지은 이름이랍니다. 처음엔 구삼봉이었지만 본인이 부끄럽다며 구삼풍이라고 바꿨습죠. 뭐, 부모님의 바람과는 달리 구 대협은 무공을 익힐 체질이 아니라 상계에 이름을 떨치시긴 했지만요."

"이름에 얽힌 비화 따위는 관심없고, 그 양반이 상왕은 맞아?"

전소갈은 고개를 갸웃거렸다.

"글쎄요. 그분께서는 상계에 이름을 떨친다는 사실에 관해 불만이 많으셨지요. 무가의 사람이었으니까요. 구 대협께서 상왕이라고 칭하신 것도 우연히 들었을 뿐입니다. 들은 사람도 몇 없고요."

"젠장. 어쩐지 찾기 쉽지 않더라니. 그래서, 구삼풍 개새…… 대협은 어디 가면 만날 수 있지?"

"구삼풍 개새 대협…… 이라뇨?"

담운이 눈썹을 꿈틀거렸다.

전소갈이라는 놈은 돈을 긁어모을 때는 빠릿빠릿해 보이더니 눈치는 없어 보였다.

“대충 알아들어. 어딜 가면 그 양반을 만날 수 있어?”

“구삼풍 대협이 서역에 가신 지 벌써 십팔 년은 되었군요.”

“서역? 십팔 년? 떠난 날도 욕 같구만. 그 개새…… 구 대협은 왜 서역에 간 거래?”

“개새…… 구 대협…… 어이쿠! 알겠습니다. 대충 알아듣겠습니다. 아무튼 구 대협께서 상계에 발을 들이신 후에 무림맹은 급격하게 세력을 팽창했지요. 돈의 위력은 무시무시하지 않습니까.”

담운이 고개를 주억거렸다.

그놈의 돈 때문에 이십 년을 금마옥에 갇혀 살았으니.

“돈을 많이 벌게 된 구 대협은 자신의 체질을 낮게 하기 위하여 백방으로 알아보았습니다. 하지만 구 대협의 체질은 어느 누구도 바꾸지 못하였습니다. 억만금으로도 어찌하지 못하는 것이 구 대협의 체질이었죠. 아무튼 서역에 교역을 하는 김에 무슨 수술이라든가 뭔가를 받는다는 서찰이 십오 년 전에 맹주께 왔더랬지요.”

“서역에서 아직도 오지는 않았고?”

“네. 근데 그 서찰에 십오 년 후에 수술이 끝나고 돌아오겠다고 적혀 있었다더군요.”

“십오 년 후? 올해네?”

“네, 그렇습죠.”

담운의 눈에 생기가 돌았다.

너무도 쉽게 복수의 기회가 찾아오자 실감나지 않을 정도였다.

지금이 사월 초하루였으니 길어도 팔 개월 후면 구삼풍의 낯짝을 구경하게 되리라.

"근데 넌 어떻게 그렇게 잘 아는 거냐?"

"어느 누가 자신의 치부를 함부로 드러내겠습니까? 구삼풍 대협과 막역한 사이신 호북지부장님이 만취하여 댁에 모셔다 드리는 도중 주사를 부릴 때 우연히 주워들어 알게 된 사실이지요."

"그래? 나에겐 다행스러운 일이군."

전소갈이 우물쭈물하며 물었다.

"근데 말입니다. 구 대협은 왜 찾으시는 겁니까?"

"내가 신세를 좀 져서 갚아야 되거든. 너무 오래전 일이라 기억하지 못할 수도 있지만 말이야."

"그렇습니까? 신세를 과하게 지셨나 보군요. 꽤 친분이 두터운가 봅니다."

"그렇지. 꽤 큰 신세를 졌지. 사람이란 은혜는 배로 갚아야 되고 원한은 열 배로 갚는 게 당연하지 않겠어?"

"맞죠. 맞구말구요."

"자, 그럼 나는 서역으로 가볼까? 서역으로 가려면 어떻게 가야 되지?"

"네? 서역으로 가시려고요?"

"마중 가야지."

담운이 비릿하게 웃으며 말했다.

전소갈이 팔을 휘적거리며 만류했다.

"어이쿠! 여기서 구 대협을 마중 가시다 길이 엇갈리면 어떻게 하려고 그러십니까요? 그러지 마시고 저랑 같이 무림맹으로 가서 기다리시지요."

전소갈의 말도 일리는 있었다.

괜히 복수를 서두르려다 길이라도 어긋나면 말짱 도루묵이다.

그렇다고 냉큼 전소갈의 제안을 받아들였다가는 의심을 사게 될지도 몰랐다.

"그래도 마중 나가는 것이 모양새가 나쁘지 않을 텐데……."

"아닙니다. 오히려 서두르다가 일을 그르칠 수도 있습니다."

담운은 속으로 흐뭇한 미소를 지었다, 하지만 겉으로는 마지못한 척 고개를 끄덕였다.

"그래, 엇갈리면 영영 못 보게 될지도 모르지. 무림맹이라……. 험험, 내가 신세 져도 되겠나?"

"네네, 물론입죠! 맹에서도 반기실 겝니다! 제가 앞장서겠습니다."

전소갈도 내심으로 담운과 함께 무림맹으로 가고 싶었다.

그와는 목숨을 나눈 전우(?)고, 거기다 고수다.

절정의 경지에 이른 고수와 비슷할 정도의 실력자.

담운의 실력이라면 외당이 아니라 내당에 소속될 것이 확실하다.

담운이 내당에 한자리 차지한다면 이를 소개한 자신에게 떨어지는 콩고물이 있을지도 모른다.

거기다 무림맹주의 조카와 친분까지 두터운 마당에야.

담운의 내심을 정확하게 헤아리지 못한 전소갈은 거기까지 계산을 끝마치자 담운의 무림맹 행을 재촉했던 것이다.

"그럼 가서 기다려 볼까?"

담운이 전소갈의 청을 못 이긴 척하며 바위에서 일어나자 전소갈은 재빨리 움직여 쓰러진 동료들을 깨웠다.

동료들은 쉽게 깨어나지 않았다.

전소갈은 수통의 물을 부어서 동료들을 강제로 깨웠다.

담운의 마음이 언제 바뀔지 모를 일이기 때문에 서둘러야 했다.

담운은 느긋하게 전소갈이 동료들을 깨우는 모습을 바라보고만 있었다.

끙끙거리며 깨어난 동료들이 서로 부축하며 앞장서고 담운은 휘적휘적 여유롭게 그들의 뒤를 따랐다.

담운은 전소갈 일행과 함께 무림맹 호북지부로 향했다.

지부장은 턱이 두텁고 뚱뚱한 중년이었다.

전소갈이 내민 전낭을 받은 지부장은 너털웃음을 지어 보였다.

"허허, 역시 자네가 나서야 일이 빠릿빠릿하게 진행되는구먼."

"별말씀을 다 하십니다."

"아니야. 다른 녀석들은 자네만큼 일 처리가 빈틈없지 않아."

전소갈은 쓰게 웃었다.

"제가 일이 있어 무한까지 가야 할 듯합니다."

"그런가? 일도 잘 해결했고, 다음 달까지 당분간 일도 없을 테니 며칠 휴가를 주도록 함세. 얼마면 되겠나?"

"왕복하는 시간까지 합한다면 한 달 정도 걸리겠군요."

"한 달이라……."

지부장은 두꺼운 턱을 쓰다듬으며 잠시 뜸을 들이더니 흔쾌히 고개를 끄덕였다.

"그리하게."

"감사합니다. 그럼 한 달 후에 뵙겠습니다."

밖으로 나온 전소갈은 무림맹이 있는 무한으로 향하기 위하여 말을 빌렸다.

담양현에서 무림맹이 있는 무한까지는 제법 멀었기 때문이다.

담운은 말을 탈 줄 몰랐다.

전소갈은 자신의 뒤에 타라고 했지만, 담운은 시커먼 남자와 함께 말을 타기는 죽어도 싫었기 때문에 기어코 자신의 말도 빌렸다.

말 타는 법은 의외로 어려웠지만 하루 정도를 고생하자 제법 그럴듯한 자세가 나왔다.

낮에는 말을 타고 달리고 밤에는 노숙을 해야 했다.

전소갈은 의외로 친화력이 뛰어났다.

사람의 마음을 잘 살폈고, 무엇을 원하는지를 꿰뚫어 보는 능력이 있었다.

약자에게 강하고 강자에게 약한 전형적인 평범한 남자였다.

가늘고 길게 살아가려면 상대방에 맞춰야 함은 당연지사.

원래는 사흘 정도면 될 거리지만 담운 때문에 하루를 잡아먹고 나흘째 되는 날 저녁 무렵에야 가까스로 도착할 수 있었다.

성문 앞에 도착하자 전소갈은 말에서 내렸다.

담운도 눈치껏 말에서 내렸다.

전소갈이 말을 끌고 앞장서서 문지기에게로 향했다.

"별일 없는가?"

"헛! 전 조장님! 오랜만입니다. 그런데 이분은 누구십니까? 신참입니까?"

무림맹의 정복을 입은 것도 아닌 담운이 유유자적 걸어오자 문지기가 물었다.

전소갈은 장밋빛 같은 앞날을 기대하며 흐뭇하게 웃었다.

"우리를 도와주신 분일세. 잘하면 내당 소속이 되실 수도 있어. 맹주님의 조카분인 구 대협과도 친분이 두터우시니 분명 그리될 게야."

"내, 내당입니까? 젊어 보이는데 대단하시군요."

젊은 나이에 대문파나 오대세가, 혹은 규모가 큰 세가 소속의 사람이 아니라면 내당에 들어가기 힘들다.

하지만 전소갈의 말에 의하면 구삼풍과 제법 친분이 있으니 정말로 내당 소속이 될지도 모를 일이었다.

겉모습으로 보아 낭인 출신으로 보이는데 내당에 들어갈 확률이 높다라면 대단한 고수가 틀림없다.

전소갈은 문 앞에서 오래 지체하고 있을 틈이 없었다.

"아무렴. 자자, 다음에 내가 한잔 삼세. 수고하게나."

"네, 수고하십시오."

전소갈은 문지기의 어깨를 두드려 주고 문으로 들어섰다.

문지기를 지나쳐 안으로 들어서자 넓은 대로가 한눈에 들어왔다.

대로변에는 커다란 상점들이 줄지어 있었고 대로의 끝에는 거대한 성이 위용을 뽐내었다.

그곳이 바로 무림맹의 내당이다.

전소갈은 담운과 함께 가까운 창문객잔(唱雯客盞)이라는 곳으로 향했다.

오랜 여행의 여독을 풀기 위함이었다.

일단 타고 온 말을 맡겨야 했기에 객잔에 딸린 마구간을 먼저 들렀다.

담운 일행이 도착하자 구석에서 여자아이와 함께 있던 마부가 자리에서 일어섰다.

휘청.

마부는 한눈에 봐도 다리가 불편해 보였다.

절뚝거리며 가까이 다가온 마부에게 전소갈과 무림맹 무사들은 익숙한 손놀림으로 고삐를 건넸다.

마부는 고삐를 받아 팔뚝에 걸고 담운에게도 손을 내밀었다.

담운은 물끄러미 마부를 쳐다보았다.

나이는 이제 이십대 후반에서 삼십대 초반 정도?

눈도 마주치지 않고 손만 내밀고 있던 마부가 이상함을 느끼고 고개를 들었다.

머리카락에 가려졌지만 남자답게 생긴 얼굴이었다.

굳게 다물린 입술하며 각진 턱에서 그의 고집을 느끼게 했고, 눈빛은 번쩍번쩍 빛나고 있었다.

마부의 눈은 죽어 있지 않았다.

담운의 시선이 마부의 손목으로 향했다.

예리하게 잘라진 흔적. 그것은 근맥이 잘린 흔적이었다.

딸까지 있는 자가 자해를 했을 리는 없다.

비틀거리는 이유도 아마 다리의 근맥을 잘렸기 때문이리라. 아마도 어떤 사연이 있는 것 같았다.

담운이 가만히 서 있자 마부가 말했다.

"고삐를 주시오."

낮게 깔린 중저음의 목소리는 자신의 처지에도 불구하고 당당했다.

"저 아이는 딸?"

담운이 땅바닥에 나뭇가지로 낙서에 열중한 아이를 턱으로 가리키며 물었다.

"당신과 상관없지 않소? 고삐나 주시오."

"그렇긴 하지."

담운은 어깨를 으쓱하고는 고삐를 건넸다.

고삐를 받은 마부는 비틀거리면서도 용케 말뚝으로 향했다.

근맥이 잘렸음에도 불구하고 몸가짐이 예사롭지 않았다. 무공을 익혔음이 분명했다.

마부가 힘들게 고삐를 말뚝에 감아놓자, 낙서에 열중이던 꼬마가 나뭇가지를 팽개치고 냉큼 달려와 고삐의 매듭을 묶었다.

둘의 손발이 잘 맞는 모양새가 하루 이틀 해본 솜씨가 아니다.

담운이 따라오지 않자 객잔으로 향하던 전소갈이 돌아왔
다.

"담 대협, 안 오시고 뭐하십니까?"

전소갈이 옆에 서자 담운이 마부에게 눈을 고정시키고 물
었다.

"근맥을 잘린 것 같은데?"

전소갈은 고개를 끄덕였다.

"맞습니다. 단전도 파괴당했지요. 성내에 허드렛일을 하는
대부분이 그런 자들입니다."

"그런 자들이라니?"

"폐인이 된 자들 말입니다."

"무슨 죄를 지었기에?"

"뭐, 이런저런 사연들이 있지요."

"저자는?"

담운이 사랑스러운 눈빛으로 딸을 돌보는 마부를 턱짓으
로 가리키며 물었다.

전소갈은 고개를 갸웃하고 잠시 생각에 열중했다. 이윽고
뭔가 떠올랐는지 손뼉을 치며 밝은 얼굴로 답했다.

"저자는 남궁철우라고 남궁세가의 무사였습니다."

"남궁세가? 그런데 왜?"

"듣기로는 낭인 출신 여자와 사랑의 도피를 했다지요. 거

기다 남궁세가의 극비에 속하는 제왕검형까지 훔쳐서 말입니다. 결국 남궁세가에 잡혀왔고, 보시다시피 저런 꼴이 된 겁죠. 원래는 죽어도 마땅할 중죄이지만 본보기로 삼기 위해 폐인으로 만들고 노예 같은 삶을 살게 한 겁니다."

담운은 눈살을 찌푸렸다.

"같은 핏줄인데도 좀 심하네."

"자자, 먼 길 오시느라 피곤하실 테니 일단 식사부터 하시지요."

꼬르륵.

식사라는 소리에 담운의 배에서 소식이 들려왔다.

남궁철우에 관한 이야기는 머릿속에서 떠나 버렸다.

일단은 배를 채우는 것이 우선이었다.

"험험, 그럴까?"

전소갈을 뒤따르는 담운은 앞으로 있을 식사에 대한 기대감을 감추지 못했다.

담운을 자신의 편으로 만들기 위해 전소갈은 돈을 아끼지 않았다.

전망이 좋은 창가 자리를 골라잡고 객잔에서 가장 값비싸고 맛있는 요리만을 골라 주문했다.

후식으로는 술까지 주문했다.

이 모든 것은 담운이 내당 소속이 되면 줄을 댈 수 있도록 밑밥을 깔아두기 위함이었다.

담운이 튼튼한 동아줄이 될지 썩은 동아줄이 될지는 알 수 없지만 밑밥을 깔아둬서 나쁠 것은 없었다.

덕분에 담운은 마음껏 포식할 수 있었다.

“시…… 십 인분을 혼자 먹다니…….”

전소갈은 홀쭉해져 버린 자신의 전낭을 흔들며 울상을 지었다.

밥 먹기를 마친 담운은 의자에 늘어져 술 한 잔을 걸쳤다.

생전 처음 먹어보는 술의 기운을 이기지 못했다.

담운은 빨개진 얼굴로 헤실헤실 웃었다.

보통 고수들은 내공의 힘으로 술기운을 날려 버린다.

술에 취하면 맨 정신을 유지하기 힘들기 때문이다.

간혹 술을 좋아하는 노고수 정도라야 술기운에 몸을 내맡기는 법이다.

술에 취해 갑작스런 기습을 받고 신체적 반응이 느려져 죽는 무림인은 숱하게 많다.

칼끝에 올라타 살아가는 무림인이 술기운에 취하여 정신을 잃고 있다? 그런 무림인은 언제 죽어도 이상하지 않은 법이다.

그럼에도 불구하고 술 한 잔에 해롱대는 담운이 전소갈로서는 전혀 이해되지 않았다.

“담 대협, 괜찮습니까?”

전소갈이 조심스레 물었다.

"갠차나, 갠차나. 한 잔 더 따라봐."

혀까지 꼬인 담운의 말에 전소갈은 한숨을 내쉬며 술 한 잔을 더 따랐다.

시원하게 술을 마셔낸 담운은 창밖으로 시선을 돌렸다.

담운의 시선 끝에는 남궁철우 부녀가 있었다.

남궁철우는 어린아이 주먹만 한 만두를 딸에게 내밀었다.

"아빠 거는? 아빠는 안 먹어?"

"난 먹고 왔단다. 얼른 먹으렴."

자신은 굶더라도 아이의 입에 하나라도 더 물려주고픈 게 부모의 마음이다.

아이는 남궁철우의 말에 반신반의하면서도 허기를 감추지 못하고 허겁지겁 만두를 먹었다.

남궁철우는 흐뭇하게 웃으며 아이의 머리를 쓰다듬었다.

"맛있니?"

"응! 맛있어. 맨날맨날 만두만 먹었으면 좋겠어."

만두 따위가 맛있을 리는 없다.

그저 굶는 것보다 차라리 뭐라도 먹는 편이 좋다는 뜻이리라.

아이의 말에 남궁철우는 가슴이 아팠다.

배를 채우는 날보다 굶는 날이 더 많은 생활.

배신자의 낙인은 무겁게 남궁철우의 어깨를 짓눌렀다.

세경 따위 없이 노예 같은 삶을 유지하기란 결코 쉬운 일이
아니었다.

만약 피붙이라고 하나 있는 아이만 아니었다면 진작 목숨
을 끊었을 것이다.

슬픈 미소를 지으며 아이의 만두 먹는 모습을 바라보던 남
궁철우는 인기척을 느끼고 고개를 들었다.

그곳에는 빨간 얼굴로 주향을 풀풀 풍기는 담운이 서 있었
다.

남궁철우는 아이를 뒤편으로 끌어당기며 물었다.

"누구시오?"

남궁철우의 질문에 담운은 말없이 손을 내밀었다.

그의 손에는 유지에 싼 만두 다섯 개가 들어 있었다.

"이게 뭐요?"

남궁철우가 다시 물었다.

담운은 혀 꼬이는 목소리로 답했다.

"만두."

"누가 몰라서 묻소? 이걸 왜 날 주난 말이오?"

"그냥."

담운은 남궁철우 부녀의 모습에 자신도 모르게 움직이고
말았다.

예전, 이십 년 전 자신의 모습이 부녀에게 겹쳐 보였던 탓
이다.

전소갈에게서 돈을 갈취하다시피 하여 만두 다섯 개를 샀다. 그리곤 한달음에 달려와 만두를 내밀었던 것이다.

남궁철우는 담운의 얼굴을 물끄러미 바라보다 고개를 흔들었다.

"난 거지가 아니오. 동정은 필요없소."

"나도 알아."

"뭘 말이오?"

"거지 아니라는 거 안다고."

"그럼 그 손 치우시오."

냉랭해진 분위기에 아이가 만두를 먹다 말고 눈치를 살폈다.

담운은 손을 거두지 않았다.

"자존심이 밥 먹여주나?"

"……."

"넌 굶어도 되겠지. 근데 아이도 그럴까? 어릴 때 못 먹으면 키도 안 커. 아이가 훗날 쭉쭉빵빵이로 크지 못하고 비리비리하게 크면 아비를 얼마나 원망할까 생각해 봤어?"

남궁철우는 아무 말도 하지 못했다.

담운의 말이 구구절절 옳았기 때문이다.

그래도 남궁철우가 뻗대자 담운은 몸을 획 돌렸다.

"싫으면 말고."

남궁철우는 아이를 내려다보았다.

아이는 만두를 먹다 말고 아비의 눈치를 살피고 있었다.

태어나자마자 젖동냥으로 키운 아이.

젖을 떼고도 제대로 먹지 못해 다른 아이들보다 머리통 하나 정도는 작은 아이.

자신도 모르게 눈가가 젖었다.

"아빠…… 울어?"

"응? 울기는. 아빠가 뭐라고 했지?"

"울면 안 된다고 했어."

"또?"

"가슴 펴고 살라고 했어."

남궁철우는 슬픈 얼굴로 웃으며 머리를 쓰다듬었다.

"아빠가 말해놓고 지키지 않으면 안 되겠지?"

"응! 그러니까 울지 마……."

말을 마친 아이가 다시 만두를 한입 베어 물었다.

남궁철우는 아이의 어깨를 쓰다듬었다.

감각이 떨어진 손에서 느껴지는 아이의 작은 어깨에 마음이 아팠다.

뼈가 아니라 나뭇가지 같았다.

그대로 힘을 주어 쥐면 부러질 것처럼 약한 아이.

모든 게 제대로 먹지 못해서 이렇게 된 것 같았다.

자신은 굶어도 상관없다. 몇날 며칠을 굶어도 참을 수 있었다.

하지만 아이는 아니다.

혼자 살아간다면 고개 꼿꼿하게 들고 살아갈 수 있겠지만, 자신은 지켜야 할 아이가 있다.

남궁철우는 그때서야 깨달았다.

자존심 따위보다 아이가 소중하다는 것을.

정신을 차려보니 이미 담운은 마구간의 문 앞에 서 있었다.

술에 취해서인지 길을 몰라서인지 모르겠지만 담운의 발걸음은 비틀거리면서도 느릿느릿했다.

그의 등이 얼른 쫓아오라고 말하는 것 같았다.

남궁철우는 기다시피 하며 허겁지겁 담운을 쫓아갔다.

"잠깐…… 멈추시오."

담운이 멈춰 선 사이 그를 따라잡은 남궁철우는 깊게 고개를 숙였다.

"대인, 제가 잠시 실성을 했나 봅니다. 그 만두…… 주시면 안 되겠습니까?"

아이를 위해 자존심까지 버려 버린 남궁철우의 모습에 담운은 고개를 끄덕였다.

담운은 허리를 숙인 남궁철우에게 말했다.

"이봐, 나 대인 아니고 담운이야. 아이에게 부모님은 하늘과 같아. 그렇게 고개 조아리는 모습 보이면 안 된다고."

"감사합니다."

"그리고 누가 공짜로 준대?"

“하, 하지만……."

만두를 팔러 왔단 말인가?

지금 그에게는 땡전 한 푼 없다.

당장 갚으라고 한다면 어찌할 도리가 없다는 소리다.

남궁철우가 애타는 얼굴로 말했다.

“대, 대인……."

“나 대인 아니라니까? 만두 필요없어?”

“아, 아닙니다. 필요합니다. 뒤늦게 아둔한 저를 깨우쳐 주
셔서 감사합니다.”

“이 만두, 공짜로 주는 거 아니다. 갚아. 나중에 이자까지
쳐서 일곱 개로 갚아.”

남궁철우는 고개를 크게 끄덕이며 담운에게서 만두를 받
았다.

“감사합니다, 감사합니다. 이 은혜는 꼭 갚겠습니다.”

“은혜 말고 만두로 갚아. 그리고 아까 아이한테 말하지 않
았나? 가슴 펴고 살라고. 아이에게 실망스러운 아비가 되지
말아야지.”

담운의 연륜은 짧다.

이십 년을 감옥에서 살아왔기에 당연한 일이다.

하지만 그의 사부들은 평생을 도산검림(刀山劍林)에서 살
아온 사람들이다.

그들에게서 모든 것을 배웠기에 가끔 나이에 걸맞지 않는

노회한 모습을 보이기도 했다.

지금처럼 말이다.

말을 마친 담운은 마구간을 빠져나갔다.

남궁철우는 그의 뒷모습을 한동안 바라보다 등을 돌렸다.

아이는 야금야금 만두를 먹고 있었다.

이쪽의 상황은 모르는 듯했다.

남궁철우는 몰랐지만 이미 담운이 손을 썼기 때문이다.

문밖을 일별한 남궁철우는 비틀거리며 딸에게 걸어갔다.

만두를 모두 먹고 손가락에 붙은 부스러기를 핥던 아이가 남궁철우를 반겼다.

"아빠, 어디 갔다 와?"

남궁철우는 쓰게 웃으며 담운에게서 받은 만두를 내밀었다.

"와아! 만두다! 많다! 아빠도 먹어!"

아이가 만두를 집어 들고 남궁철우에게 내밀었다.

남궁철우는 고개를 끄덕이며 받아 들었고, 아이는 해맑게 웃으며 만두를 먹었다.

두 부녀는 담운 덕에 간만에 배불리 먹을 수 있었다.

비록 볼품없는 만두뿐이었지만.

다음날, 겨우 술 두 잔을 마시고 숙취로 고생하는 담운을 위해 가볍게 음식을 시킨 전소갈.

담운은 해장을 위해 나온 죽을 마파람에 게 눈 감추듯 마셔
버렸다. 죽을 비워내고도 모자랐던지 담운은 아쉬움에 입맛
을 다셨다.

전소갈은 어제와 마찬가지로 십 인분의 음식을 추가로 시
켜야 했다.

눈앞의 인간은 숙취에도 십 인분을 일인분처럼 먹는다.

전소갈은 담운의 위장 속이 궁금해 견딜 수 없었다.

폭풍 같은 식사 시간이 끝나자 전소갈이 넌지시 운을 뗐다.

"담 대협, 혹시 무림맹에 관심이 있습니까?"

"무림맹이라……. 무림인치고 무림맹에 관심없는 사람이
있을까? 그건 왜?"

"제가 담 대협을 무림맹에 천거하고자 합니다. 괜찮겠습니
까?"

"나야 고맙지."

담운은 전소갈이 알아서 나서주자 고마움을 느꼈다.

적을 알고 나를 알면 백전불패라 했던가?

적진에 침투하는 것만큼 적을 알기 편한 일은 없는 법이다.

무림맹에 침투하는 건 둘째치고 일단 사전 조사가 필요하
다.

담운이 물었다.

"근데 무림맹의 무사 수는 어떻게 되나?"

"무사 수라……."

전소갈의 설명은 이러했다.

무림맹은 맹의 실질적인 지배자인 맹주(盟主)와 내부의 일을 담당하는 군사(軍師), 그리고 외부의 일을 전담하는 무성(武星)이 있다.

그들 세 명이 가장 높은 자리이며, 그들에게 조언을 하는 장로들이 있다.

장로는 구파일방 소속의 열 명이 사 년마다 번갈아가며 맡아 무림맹이 무사히 운영되도록 도움을 준다.

내당에는 내당에서의 모든 일을 총괄하는 내당주가 있으며, 내당 소속의 동, 서, 남, 북군의 사군(四軍)이 있다.

각 군은 군장 휘하 오십 명의 무사들로 이뤄져 있으며, 그들은 대문파의 자제들이거나 오대세가, 혹은 이름만 대면 알 정도의 큰 가문의 혈족들이다.

간혹 혈족이 아니더라도 내당 무사에 버금갈 정도로 실력이 뛰어난 자가 내당 소속의 무사가 되기도 한다.

하지만 그 조건이 애매해서 아주 실력이 뛰어나지 않는 이상 내당 소속이 되기란 힘들었다.

군장은 초절정의 경지에 오른 고수들이고, 사군은 절정의 고수들이었다.

내당은 말 그대로 특권층이다.

외당은 무림맹의 궂은일을 한다.

외당주를 필두로 일품부터 오품까지의 무사들로 이뤄져

있다.

삼품무사는 조장(組長)이라 불렸으며, 휘하에 사품무사 넷, 오품무사 열여섯 명을 거느린다.

삼품무사는 이류의 초입 정도의 경지에 이르렀다고 알려져 있다.

이품무사는 단장(團長)이며, 삼품무사 넷과 그 휘하 무사들을 거느렸다.

이들은 일류의 초입 정도라 보면 된다.

일품무사는 대장(大將)이라 불렸다. 그 휘하로 이품무사 넷과 그 휘하 무사들을 통솔했다. 현재 일품무사는 단 둘뿐이었다.

일품무사는 일류에서 절정의 경지 정도로 본다.

외당 소속의 무사들은 거의 대부분이 낭인 출신이다.

외당 무사들을 대충 헤아리면 무려 칠백여 명에 육박한다.

말이 좋아 외당이지 그들이 하는 일은 고작해야 허드렛일뿐이다. 거기다 지부에 파견도 나가야 했다.

그렇다고 무림맹에서 그들에게 무공을 가르쳐 주는 일도 없었다.

무림맹이라는 뒷배를 주기 위하여 외당이라 불렸지만, 무림인들 사이에서는 낭인 집합체 이상도 이하도 아니었다.

하지만 무림맹의 본거지가 있는 무한의 낭인들은 지부 소속의 낭인들과는 다른 대우를 받았다.

낭인들 중에서도 일부만이 외당 소속이 될 수 있는 것이다.

외당 소속의 낭인들은 심사를 거쳐 내당 소속이 될 수도 있다. 하지만 가뭄에 콩 나듯 거의 없는 일이나 다름없었다.

외당 소속의 낭인들은 숙소를 배정받고, 무공 수련에 매진할 수 있는 특혜를 주기도 했다.

다만 지부로 파견 나가는 일이 허다했기에 무공 수련에만 매진할 수는 없는 노릇이었다.

전소갈도 지부가 아니라 원래는 외당 소속이다.

하지만 무공을 익히기에 적합하지 않은 그의 체질과 별난 능력 덕분에 호북지부로 옮겨야 했다.

간략하게 들은 설명으로도 담운은 기겁했다.

내당, 외당의 무사들을 합치면 머릿수가 천을 헤아리니 오죽할까.

거기다 정보기관, 호위기관, 감찰기관 등 다른 기관들까지 합친다면 수를 헤아리기 힘들 정도의 무사들이 도사리고 있다.

뿐인가? 중소 규모의 문파에서 만들어진 무림맹 산하 지부의 무인 수도 뺄 수 없었다.

그들은 내당과 외당의 중간을 차지하고 있다.

혼자서 그 많은 무사들을 처리하기란 쉬운 일이 아닌 것은 분명한 일이다.

설명을 마친 전소갈이 넌지시 운을 뗐다.

"담 대협 정도의 실력자라면 내당 소속은 따놓은 당상입니다."

"내당이라……. 내당에도 어제 그 마부 같은 자들이 있나?"

"배신자들이 내당에 있을 리가 있습니까? 절대 없지요."

"그런가?"

처음에 담운은 상왕만 처치하고 빠지려 했다. 하지만 많은 무사들이 포진하고 있는 무림맹에서 상왕만 처치한다고 끝이 아니다.

단순한 복수가 쉽지 않은 상황이 되어버린 것이다.

복수를 떠나서 어차피 사부들이 당부했던 일들을 해결하려면 손은 많을수록 좋은 법이다.

설명을 들어보니 내당 소속을 자신의 편으로 끌어들이기란 쉬운 일이 아니다.

그렇다면 외당의 낭인들을 노리는 편이 한결 수월할 것이다.

거기다 배신자의 굴레를 뒤집어쓰고 폐인이 된 자들도 부지기수니 충성심을 끌어내기에 훨씬 편할 것이다.

담운은 외당 쪽으로 마음을 굳혔다.

"내당이 외당의 위인가? 게다가 외당주의 권한은 뭐지?"

"외당과 내당은 서로 간섭하지 않습니다. 하지만 내당이 내리는 명령은 수행해야 합니다. 외당주는 모든 외당 무사들을 관리하지요."

"권한이 꽤 세단 소리네?"

"그런 편이지요. 외당에서는 그야말로 무림맹주에 버금가지요."

"호오, 그렇다면 외당의 당주가 되려면 어떻게 해야 되나?"

"외, 외당 말씀이십니까? 담 대협이라면 내당 무사도 무리 없으리라 봅니다만……."

전소갈은 안타까움에 말끝을 흐렸다.

그동안 쓴 밥값이 아까워지기 시작했다.

"난 용 꼬리보다 뱀 머리가 더 좋은데? 그럼 그렇게 결정한 걸로 하고, 외당주가 되려면 어떻게 해야 되지?"

전소갈은 작게 한숨을 내쉬며 답했다.

"일단 인사 담당 부서에 오품무사로 적을 올려야 합니다. 각 품계를 승급하기 위해서는 승급 심사를 신청해야 하며 매월 말일에 심사가 열립니다. 승급 방법은 동일 품계 무사 네 명과 대전을 해야 합니다. 계속 이겨 나가 마지막으로 일품무사와 싸워 이긴다면 외당주에게 도전할 권한이 주어집니다. 무림맹주의 승인이 떨어지면 대전이 이뤄지게 되지요. 물론 승리하면 외당주가 될 수 있습니다."

"간단하네. 결국 마지막까지 이기면 외당주가 되는 거잖아? 좋아. 그럼 얼른 시작하지. 시간은 금이니까."

담운이 벌떡 일어서서 전소갈을 재촉했다.

전소갈은 땅이 꺼져라 한숨을 내쉬었다.

외당주의 실력을 알고 있는 탓이다.

내당의 군장에 버금가는 실력자.

낭인왕(浪人王)이라 불리는 자가 외당주였기에 그를 꺾기란 불가능해 보였다.

第四章
토룡(土龍)

　원래 외당무사들의 주축이 낭인이라 인사담당관에게 오품
무사로 적을 올리는 일은 의외로 쉬웠다.

　이름을 쓰고 간단한 시험을 받았는데, 백 근 정도 되는 돌
을 한 자가량 이동시키는 일이었다.

　누워서 떡 먹기만큼 쉬운 일이었기에 간단하게 통과한 담
운은 오품무사가 될 수 있었다.

　외당에 이름은 올렸으나 근무지를 배정받지 못했기 때문
에 당분간은 객잔에 머물러야 했다.

　외당 소속이 된다면 숙소를 배정받고 성내의 일들을 하겠
지만 지부 소속이 되면 심대한 계획에 차질을 빚게 된다.

확실하게 외당 소속이 되려면 품계 심사에서 높은 품계를 받는 것이 여러모로 유리한 일이다.

어쨌든 품계 심사가 있는 말일이 되려면 아직 열흘 정도가 남았다.

오품 이상의 품계는 승급 심사로만 가능했기에 담운은 전소갈과 함께 다시 객잔으로 돌아왔다.

"여기 있는 객잔들은 무림맹에서 운영하나?"

"아닙니다. 일반인들이 운영하지요."

"그거 잘됐군."

전소갈과 헤어진 담운은 곧바로 대로로 나왔다.

담운은 어슬렁거리며 사람들을 눈여겨보았다.

물지게를 들고 비틀거리는 자부터 대장간에서 허드렛일을 하는 자, 마구간에서 남궁철우 같이 마부를 하고 있는 자 등, 폐인이 되어 희망을 잃고 말 그대로 죽지 못해 사는 자들이 대부분이었다.

이들은 자신의 문파를 배신한 자들로서 폐인으로 만들어 본보기로 삼은 것이다.

거기다 많은 사람들이 왕래하는 곳에 노예 같은 삶을 살도록 만들었다.

어차피 버려진 자들이다.

남궁철우처럼 마음이 올곧고 괜찮은 자라면 수하로 거두려 했다. 하지만 남궁철우와 같은 자는 눈 씻고 찾아봐도 없었다.

하긴, 남궁철우도 딸이 아니었다면 저들과 다를 바 없었을 것이다.

보통 폐인이 된다면 삶을 자포자기하게 마련이니까.

한동안 돌아봤지만 쓸 만한 자를 찾지 못했다.

나직하게 혀를 찬 담운은 인재 찾기를 포기하고 자신의 진정한 목적지로 향했다.

담운의 사부 중 외팔이사부의 당부가 이번 목표였다.

원래 외팔이사부는 하오문 출신이었다고 한다.

그의 이름은 장평, 외호는 천익마왕(千翼魔王)이다.

일존사왕 중 한 명의 절세고수.

신출귀몰한 신법과 질풍과도 같은 장법이 특기였다.

늙은 창기의 아들로 태어난 그는 불우한 어린 시절을 보냈다. 그의 모난 성격도 그런 성장 배경이 큰 부분을 차지했다.

장평은 무공을 익히자 그런 자신의 신분을 숨기고 무림을 횡행했다.

술을 좋아하고, 사람 사귀는 것을 즐겨했던 그지만 속내를 터놓을 정도의 친우는 없었다.

소속도 없이 혼자 무림을 돌아다녔던 그가 공적이 된 것은 우연한 일에 휘말리게 되어서였다.

동정호(東庭湖)에 살고 있던 동정노옹(東庭老翁)이라는 사람을 만나기 위해 길을 가던 장평은 여인을 겁탈하려는 세 명의 사내를 죽였다.

원래는 음적을 죽였기에 큰 문제가 되지는 않겠지만 세 명
의 신분이 문제였다.

그들은 후기지수로 이름 높던 신진팔수(新進八手) 중 세 명
이었는데, 이름만 대면 누구라도 알 정도의 명문가 후예들이
었다.

여인을 겁탈하려던 사실을 은폐하고 사람을 보내 증인까
지 죽인 다음 장평에게 누명을 뒤집어씌웠다.

그렇게 억울하게 공적이 되어버린 장평은 무림맹에 의해
금마옥에 갇히게 되었다.

장평이 무공을 가르치면서 요구한 조건이 바로 하오문을
정식 문파로 인정받을 수 있게 도와주라는 것이다.

단, 절대 비밀을 엄수해야 한다는 것도 조건 중 하나였다.

담운이 멈춰 선 곳은 으슥한 곳에 위치한 작고 허름한 이름
도 없는 객잔 앞이었다.

금방이라도 부서질 것 같은 낡은 간판에는 홍하객잔(紅霞
客盞)이라고 적혀 있었다.

외팔이사부의 말에 의하면 청(靑), 황(黃), 적(赤), 백(白),
흑(黑)의 오색 노을 객잔은 하오문의 연락을 담당하는 곳이
다.

하오문은 화룡(火龍), 토룡(土龍), 금룡(金龍)이라 불리는 세
명의 후계자가 있다.

화룡은 무력을 담당하고, 금룡은 하오문의 수비를, 토룡은 정보를 담당한다 했다.

이들 중 가장 뛰어난 자가 하오문의 문주가 된단다.

이곳을 찾은 이유는 토룡을 찾기 위함이었다.

주렴을 걷고 안으로 들어가자 곰팡이 냄새가 물씬 풍겨 나왔다.

벽지는 누렇게 때가 타 있었고, 바닥과 탁자 위는 청소를 언제 했는지 뽀얀 먼지가 내려앉아 있었다.

대충 의자에 앉은 먼지를 털어내고 자리에 앉았지만 점소이는 코빼기도 보이지 않았다.

탁자 위에는 용케도 찻주전자와 찻잔이 놓여 있었다.

거꾸로 뒤집혀 있던 찻잔을 똑바로 놓고 차를 한 잔 따른 다음 찻물을 손가락으로 적셔 탁자 위에 세 방울 떨어뜨렸다.

큰사부에게 배운 혹화다.

일련의 행동을 마치고 나서야 점소이가 어슬렁거리며 다가왔다. 말이 점소이지 산적과 다름없어 보이는 외모였다.

겉모습이 산적처럼 우락부락한 사내가 건들거리며 인사했다.

"어서 오슈. 뭘 드릴까?"

담운은 점소이를 물끄러미 바라보다 툭 내뱉었다.

"가서 토룡 오라 그래."

"토룡? 그런 음식은 없수. 딴 데 가보슈."

"흑화를 봤을 텐데? 너랑 노닥거릴 시간 없으니 얼른 가서 토룡 오라 그래. 난 창문객잔에 머물고 있으니 와서 담운을 찾으라고 전하고."

말을 마친 담운이 자리에서 일어났다.

점소이가 인상을 벅벅 긁으며 담운의 앞을 막았다.

"흑화고 나발이고 토룡 모른다니까!"

"내가 잘못 왔나 보네…… 는 개뿔. 죽을래?"

"뭐, 뭐?"

점소이가 황당함을 감추지 못하고 눈을 동그랗게 떴다.

"죽고 싶다, 오른손. 토룡을 데려온다, 왼손. 셋 셀 때까지 마음 정하고 손 들어라."

"이 자식이 미쳤나! 어디서 꼬장이야!"

"하나."

"미쳤으면 곱게 미칠 것이지!"

"둘."

"뒈져!"

참지 못한 점소이가 주먹을 내뻗었다.

횡!

강맹한 주먹이 담운을 후려쳤다. 후려치긴 했지만 감촉이 없다. 허공에 주먹질을 한 기분이다.

"오른손을 들었네? 죽고 싶단 뜻으로 알아듣지."

점소이 뒤에서 말을 마친 담운의 몸이 푹 꺼지듯 사라졌다.

빠악!

"크어어억!"

담운의 모습은 보이지 않는데 뭔가 깨지는 소리와 비명이 객잔을 뒤흔들었다.

빡! 뻐억! 쾅! 우당탕!

점소이는 실 끊어진 연처럼 객잔을 훨훨 날아 구석에 처박혔다.

담운은 무표정한 얼굴로 저벅저벅 점소이에게 걸어가 쭈그리고 앉았다.

"가서 토룡에게 전해. 무림맹 외당 품계 승급 심사 전까지 안 오면 하오문은 중원에서 사라지게 될 거라고. 알겠나?"

이미 게거품을 물고 쓰러진 점소이에게 하는 말이 아니다.

담운은 큰 목소리로 말을 마치고 자리에서 일어나 객잔을 나섰다.

담운이 사라지고 일다경(一茶頃) 정도가 흐르자 지붕에서 뭔가가 툭 떨어져 내려왔다.

흑의로 온몸을 감싼 사내였다.

그는 담운의 인기척이 느껴지지 않아서야 모습을 드러낸 것이다.

사내는 쓰러진 점소이를 보며 고개를 갸웃거렸다.

"허어, 내 눈이 틀림없다면 천익마왕 장평의 천붕신법이 분명하다. 천익마왕이 저렇게 어릴 리도 없거니와, 금마옥에서 평생을 지내야 할 텐데…… 후인이 나타났단 말인가?"

혼자 중얼거린 사내의 몸이 객잔에서 사라졌다.

객잔에는 게거품을 물고 쓰러진 점소이만이 불쌍하게 남아 있었다.

객잔을 나선 담운은 창문객잔으로 돌아왔다.

저녁 먹을 시간임에도 불구하고 전소갈은 아직 돌아오지 않았다.

"흠, 이거 저녁은 먹어야 될 텐데."

뒤통수를 벅벅 긁은 담운은 점소이를 불러 자신의 정량에 가까운 음식을 시켰다.

"돈은 전 조장한테 달아놔."

라는 말과 함께.

다음날, 창문객잔으로 어린 소년이 담운을 찾아왔다.

"당신이 담운이야?"

다짜고짜 첫마디부터 반말이다.

"그런데?"

"잘됐네. 나한테 볼일 있다며?"

소년이 가슴을 내밀고 으스대며 물었다.

이건 한 대 쥐어박을 수도 없고, 그렇다고 사람 보는 눈이 많은 곳에서 용건을 말할 수도 없었다.

담운은 대답 대신 토룡으로 짐작되는 소년을 데리고 대로변으로 나왔다.

소년도 묵묵히 담운의 뒤를 따랐다.

마치 산책하듯 걸어가던 소년이 혼잣말을 했다.

"듣는 귀가 있을지도 모르니 대로변을 거닐다……. 좋은 생각이네."

"네가 토룡이냐?"

담운의 물음에 소년이 어깨를 으쓱해 보였다.

긍정의 몸짓이다.

"부탁할 일이 있다."

"부탁? 부탁하려는 사람이 사람을 패? 부탁하려면 정중하게 해야 되는 거 아냐?"

"그러게 누가 흑화를 보고도 시치미를 떼래?"

"흑화? 참 나. 이십 년 전의 흑화를 누가 알아봐!"

"그래? 이십 년 전 거였어? 말을 하지 그랬어. 근데 흑화를 막 바꿔도 되냐?"

"그러니까 그렇게 뻔히 보이는 흑화를 누가 요즘 쓰겠냐고."

토룡은 답답하다는 얼굴로 가슴을 두드렸다.

담운은 어깨를 으쓱했다.

"흑화는 됐다 쳐도 난 허락받았어. 이거 왜 이래? 죽고 싶다고 싹싹 비는 걸 몇 대 쥐어박는 걸로 끝냈다니까?"

"허락? 맞고 싶다고 허락하는 사람도 있나?"

"있었어. 자세한 건 어제 그놈한테 물어봐. 시답잖은 소리는 이제 그만하고, 광의를 찾아줘."

"들어준다는 대답은 하지 않은 걸로 아는데?"

아무런 대가도 없이 부탁한다고 들어줄 수는 없는 노릇이다.

잠시 토룡의 눈을 들여다보던 담운은 어깨를 으쓱했다.

"공짜로 도와달라는 건 아니고, 나도 부탁을 했으니 네 부탁도 하나 들어주지. 그럼 공평하지 않겠냐?"

"그게 문제가 아니지. 일단 사과부터 하는 게 도리 아냐?"

토룡이 미간을 찌푸리며 말했다.

비록 사라졌다지만 담운은 흑화를 썼고, 토룡도 찾았다. 하지만 그 산적으로 보이는 점소이는 담운의 말을 무시했고, 덤비기까지 했다.

그런데 부탁하는 입장이라는 핑계로 사과를 받아내겠다는 토룡의 말에 담운은 심기가 불편해졌다.

"사과? 죽을래?"

담운이 눈을 번득거렸다.

토룡은 자신도 모르게 찔끔하며 한 발자국 물러났다.

"아직 나에 대해 못 들었나 보구나?"

못 듣기는? 잘 들었다.

천익마왕(千翼魔王)의 후인일지도 모를 자가 나타났다.

지금은 사라졌지만 정파를 제외한 사마외도에는 과거 다섯 명의 절대자가 있었다.

일존사왕(一尊四王)이라 불렸던 그들은 공포의 상징이다.

그 사왕 중 한 명이 바로 천익마왕이다.

천붕신법(天鵬身法)과 마환장(魔幻掌)으로 중원을 일대 풍미했던 절대고수.

"조, 좋아. 들어주도록 하지. 광의라고 했나?"

"아직도 반말이지? 네가 매를 안 맞고 커서 예의가 가출했나 보구나. 거기 딱 서."

토룡은 한 발자국씩 다가오는 담운을 피해 주춤주춤 물러났다.

"드, 들어드리겠습니다!"

"진작 이렇게 시작했으면 서로 피곤하지 않고 얼마나 좋아? 광의 데리고 열흘 안에 창문객잔으로 날 찾아와. 열흘에서 하루 늦어질 때마다 뼈마디 하나씩 부러질 각오하고."

"넵!"

크게 대답한 토룡은 담운이 잡을세라 후다닥 뛰어가 버렸다.

토룡의 뒷모습을 바라보다 담운은 피식 웃었다.

잠시 토룡의 모습을 보고 있는데 누군가가 어깨를 톡톡 두드렸다.

담운이 몸을 돌리자 아리따운 여인이 환한 미소를 짓고 서 있었다.

고개를 갸웃한 담운이 그녀를 피하려 하자 여인이 앞을 가로막았다.

"오랜만이야?"

"누구? 난 처음 보는 것 같은데?"

"이거 왜 이러실까? 우리 헤어진 지 아직 한 달도 지나지 않았는데."

"그런가? 난 예쁜 사람은 까먹지 않는데. 진짜 날 아는 게 확실해?"

여인의 얼굴이 확 구겨졌다.

막 뭐라고 쏘아붙이려는데 소녀가 헐레벌떡 달려왔다.

"하악하악! 아씨! 왜 맨날 저만 놔두고 혼자 다니세요!"

헐떡거리던 그녀는 담운을 발견하고는 입을 쩍 벌리며 삿대질을 했다.

"너…… 너는!"

"뭐야? 너도 나 알아? 내가 흔하게 생긴 얼굴은 아닐 텐데."

"아씨, 이 음적이 뭐라는 거예요?"

"음적? 이 사람들이! 이렇게 훌륭하게 생긴 음적 봤어? 내가 어딜 봐서 음적……."

담운의 말이 잦아들기 시작했다.

그러고 보니 생각난다.

자신을 음적이라 부르며 쫓아다니던 두 여인이.

그동안 잊고 지내다 진짜로 잊어먹었다.

매옥향이 입꼬리를 올리며 피식 웃었다.

"생각났나 봐?"

"그러게? 소저들, 아직도 오해가 풀리지 않았나 본데 전에
도 말했지만 난 음적이 아냐. 그쪽 알몸은 본 적도 없다니
까."

"이미…… 늦었어!"

슈욱! 콰앙!

매옥향의 왼쪽 주먹이 정면을 찌르고, 오른쪽 주먹으로는
오른쪽에서 사선으로 땅을 후려쳤다.

두 가지 동작이 한 호흡에 이뤄질 정도로 빨랐다.

벌써 여러 번 당한 매옥향이나 소접이었기에 이번에는 충
분히 대비를 하고 있었다.

창!

검을 뽑아 든 소접이 몸을 날려 담운을 가로막았다.

"어라? 내가 보였어?"

담운이 얼빠진 얼굴로 물었다.

앞뒤로 포위망을 구축한 매옥향이 으스스한 목소리로 대
답해 주었다.

"사람이 사라지진 않지. 다만 사라져 보일 정도로 빠르게
움직일 뿐. 공격 방향만 정해주면 피할 곳은 뻔하지 않겠어?"

한 호흡에 이뤄졌던 주먹질에 그런 의미가 담겨 있었다.

왼 주먹으로 뻗은 주먹의 경력 때문에 뒤로 피하지 못하고, 오른쪽 주먹을 사선으로 내려쳤기 때문에 피할 곳이라고는 왼쪽밖에 없다.

소접이 검을 뽑고 왼쪽만 지키면 담운이 그곳에 나타날 것은 뻔한 일.

담운은 순수하게 감탄했다.

"와아, 이거 의외인데? 그 방법을 실제로 쓸 줄이야."

이십 년간 무공을 익히기만 했지 실전은 그리 겪어보지 못한 담운이다. 하지만 목숨을 걸고 무공을 배웠다. 죽지 않을 만큼 사부들과도 싸웠다.

경험이 많은 노고수들이었기에 실전에 관해서는 귀가 따갑게 설명을 들었고, 몸으로 체험했다.

그러나 수업과 실전은 천지차이였다. 몸으로 겪어보니 이제야 조금 눈앞이 트이는 기분이었다.

대련과 실전은 그만큼 차이가 컸다.

"각오하는 게 좋을 거야."

매옥향이 손마디를 꺾으며 음산하게 말했다.

요란한 소음에 주위 사람들이 몰려들었다.

보는 눈이 많다 보니 본신의 무공을 드러내 보일 수도 없었거니와 음적이라고 낙인찍히는 일도 사양이었다.

"미안한데, 난 어릴 때부터 여자와는 싸우면 안 된다고 가

정교육을 받았거든? 그러니까 난 이만 실례할게.”

“훗, 어차피 가봤자 창문객잔이겠지.”

“……다 들었냐?”

“누굴 기다려야 된다며? 가도 좋아. 우리도 창문객잔에 머물 거니까. 아마 아침저녁으로 만나게 될 거야. 기대해도 좋아.”

상큼하게 웃으며 매옥향이 말했다.

담운은 미간을 찌푸렸다.

이제는 빼도 박도 못하게 생겼다.

이렇게 되면 오해를 푸는 편이 낫다.

“자자, 소저들, 진정하고 우리 일단 대화로 이 상황을 풀어가는 게 어떨까 싶은데, 어때?”

“좋아, 넌 대화로 풀어봐. 난 주먹으로 풀 테니.”

매옥향이 땅을 박차고 달려들었다.

때를 맞춰 소접도 몸을 낮추고 담운에게로 파고들었다.

둘은 호흡을 자주 맞췄던지 연수합격이 제법 날카로웠다.

소접의 검이 담운의 하체를 쓸어갔다. 동시에 매옥향의 주먹은 담운의 상체를 노렸다.

대화로 통하지 않는다면 방법은 하나밖에 없다.

바로 실력 행사.

“하아…….”

담운은 고개를 절레절레 흔들고는 소접의 검과 매옥향의

주먹이 닿을 찰나, 몸을 회전시켰다.

파카칵!

요란한 소리와 함께 소접의 검이 뒤로 튕겨 나갔다.

매옥향의 주먹이라고 상황이 다를 바 없었다.

튕겨 나간 둘은 입을 쩍 벌리고 멍하니 담운을 바라보았다.

회전을 마친 담운의 몸은 생채기 하나 없이 말짱했다.

소접은 휘둘렀던 자신의 검이 오히려 이빨이 빠진 것을 보고 황당함을 금치 못했다.

매옥향의 아버지는 무림맹 내의 정보기관인 청루각(聽漏閣)의 각주(閣主)다.

그녀 또한 청루각 소속의 내당무인이다.

청루각이 하는 일은 정보 수집이 우선순위인데, 갑자기 낭인고수가 등장하자 자신의 본업이 떠올랐다.

담운에 관한 정보 수집.

일단 접촉이 먼저다. 보고는 나중 일이다.

번개처럼 생각이 정리되자 매옥향은 눈물을 글썽거렸다.

"흐…… 흐흑……."

갑자기 눈물을 흘리는 주인 때문에 소접 또한 젖은 눈으로 매옥향을 달랬다.

"아씨, 울지 마요. 흑흑……."

두 여인이 갑자기 울음을 터뜨리자 담운은 당황했다.

“이, 이봐, 왜 울어?”

“책임져! 아니, 자결해!”

“응? 무슨 소리야?”

“자결하지 못하겠다면 내가 죽어야지!”

매옥향이 소접의 검을 빼앗아 목에 가져다 댔다.

깜짝 놀란 담운이 매옥향의 수중에 들린 검을 도로 뺏었
다.

검을 빼앗긴 매옥향이 울음으로 빨개진 눈으로 담운을 노
려보았다.

“이게 뭐하는 짓이야?”

“내가 묻고 싶은 말이다. 왜 죽으려 드는 건데?”

“네놈이 내 알몸을 봤으니 너를 죽이든지 내가 죽든지 해
야 되는 거 아냐? 그런데 네놈을 죽일 능력이 되지 않으니 내
가 죽어야지. 검 내놔!”

매옥향이 담운에게 달려들었다.

담운은 어이가 없어 긴 한숨을 내쉬었다.

도무지 말이 통하지 않는 상대다.

그렇다고 죽게 놔둘 수도 없는 노릇이었다.

한술 더 떠 주위에 구경꾼들의 수군거림이 심상치 않았
다.

“좋아, 일단 우리 입장을 정리하자고. 내가 술 한잔 살 테
니까 창문객잔으로 가지?”

담운이 주위를 턱짓하며 말했다.

매옥향도 주위의 분위기를 감지했던지 마지못한 척 고개를 끄덕였다.

"객잔에 가는 동안 자결할지 날 자결하게 놔둘지 생각해 두는 게 좋을 거야."

끝까지 지지 않는 매옥향이었다.

객잔에 도착한 담운은 전소갈의 방으로 매옥향과 소접을 데리고 갔다.

담운이 잠시 자리를 비운 사이 전소갈은 자신의 방으로 돌아와 있었다.

"응? 언제 왔어?"

"아, 조금 전에 왔습니다. 이 두 분은……."

"나랑 오해가 생긴 사람들이야. 들어오지?"

"흥!"

찬바람을 풀풀 풍기며 매옥향과 소접이 들어섰다.

전소갈은 허둥지둥하며 그녀들에게 자리를 안내하고 차를 준비했다.

담운은 자리를 잡고 앉자마자 전소갈에게 말했다.

"차보다 술이 어때?"

"술이라……. 대낮부터 술은 좀 그렇지 않습니까?"

"뭐 어때?"

“이봐, 우리 이야기부터 끝내지?”

“너희와는 이야기가 길어질 게 뻔하잖아. 느긋하게 술 한 잔하면서 이야기 나누도록 하자고. 거기 소접이라고 했나? 술 좀 주문해 주겠어?”

지목당한 소접이 매옥향의 눈치를 살폈다.

“흥.”

팔짱을 끼고 고개를 홱 돌린 매옥향이 작은 목소리로 소접에게 술을 가져오라고 말했다.

소접이 밖으로 나가자 담운은 의자에 몸을 기대고 말했다.

“거기 서 있지 말고 여기 앉아.”

담운이 가리킨 의자에 매옥향이 조심스레 앉았다.

무슨 수작이라도 부린다면 바로 출수할 수 있게 바짝 긴장한 모습이었다.

담운은 피식 웃었다.

“그러니까 내가 댁의 알몸을 봤으니 책임지라는 건데, 맞나?”

“책임 아니지. 죽어달라는 거지.”

“꼭 죽어야만 이 일이 끝나나?”

“내 알몸을 봤으니까.”

둘 사이에 심상치 않은 기류가 흘렀다.

매옥향은 최대한 담운의 곁에 머물러야 하고, 담운은 그녀가 귀찮을 따름이었다.

때마침 소접이 술을 들고 나타났다.

방 안에 감도는 이상한 기류를 느꼈던지 소접이 냉큼 매옥향의 옆에 서며 도끼눈을 떴다.

담운이 소접에게 손짓했다.

"술은 여기 놓고 거기 서든지 해."

매옥향의 눈치를 살핀 소접은 그녀가 고개를 끄덕이자 탁자 위에 술 단지를 내려놓았다.

"다시 한 번 말하지만 난 죽을 생각 없어."

"그럼 내가 죽지, 뭐."

"진짜 그 아가씨, 생긴 건 안 그런데 성격 별나네. 이봐, 그깟 알몸 좀 보였다고 죽고 죽이고 할 필요 있나?"

"그깟…… 알몸?"

매옥향의 눈에 습기가 차올랐다.

직무를 떠나서 이십 평생 얼굴도 모르는 낭군을 위해 고이 모셔놨던 알몸을 웬 거지같은 놈팡이가 날름 봐버렸으니 눈물이 날 정도로 억울했다.

"아, 미안. 내가 실언을 했다. 정 그러면 내 알몸이라도 보여줄까?"

"안 봐!"

"안 봐욧!"

매옥향과 소접이 동시에 고함을 질렀다.

"사람 목숨을 그리 쉽게 생각하면 안 되는 법이야."

"그럼 어쩌라고!"

버럭 고함을 지른 매옥향이 탁자에 얼굴을 묻었다.

담운에게는 꽤나 난감한 상황이 아닐 수 없었다.

어릴 때부터 금마옥에서 늙은이들만 상대했던 그에게 여자란 어려운 존재였다.

담운은 가군자(假君子)사부의 말을 떠올렸다.

"여자가 울 때는 선물이 직방이니라. 가방 같은 걸 주면 최고니라."

그런데 담운의 수중에는 선물거리가 없었다.

담운은 다급하게 기억을 뒤집었다. 가군자사부의 말은 그게 전부가 아니었다.

여인과 이야기 나누는 법, 여인의 환심을 사는 법 등 온갖 잡다한 기억 중 한 가지를 가까스로 떠올렸다.

"잘못을 했을 때는 솔직하게 사과하는 것이 약이니라. 그리고 사과가 먹히지 않을 때는 역시나 가방이 최고니라."

엄지손가락까지 척 올리며 밝게 웃던 가군자사부의 말이 떠올랐다.

수중에 가방이 어딨는가?

　전 재산이 철전 한 닢에 불과한 담운이 가방을 살 수도 없는 노릇이었다.

　일단 담운은 가군자사부의 말에 따라 사과부터 했다.

　"미안해."

　솔직담백한 담운의 사과에 매옥향이 고개를 들었다.

　더 이상 튕기다간 역효과다. 일단 계기는 마련했으니 관찰을 하면서 보고를 하면 될 것이다.

　"지금 사과하는 거예요?"

　"뭐, 내가 잘못했으니까."

　"흥. 알긴 아네요."

　매옥향의 화가 적잖이 풀린 것 같아 보이자 담운은 잔을 돌리며 환하게 웃었다.

　"자자, 이제 기분 풀자고. 좋은 게 좋은 거잖아. 그 일은 우리 말고는 모르는 일이니 병풍 뒤에서 향 맡을 때까지 함구할게. 그럼 됐지?"

　"그렇게 말한다면야……."

　매옥향은 화통하게 술잔을 받았다.

　"좋아! 통 크게 잊어주도록 하지. 소접아, 술!"

　"넵!"

　소접이 눈치 빠르게 술 단지를 매옥향에게 건넸다.

　"오늘 마시고고 모두 잊자!"

매옥향이 시원하게 말하자 담운이 함박웃음을 지으며 거들었다.

"그 소저 말하는 게 시원하니 좋네! 좋아, 전소갈 자네도 받지."

그날 밤, 전소갈의 방으로 술 단지가 열 개나 배달되었다.

第五章

광의(狂醫)

열흘의 시간은 쏜살같이 흘렀다.

그동안 담운이 한 일이라고는 남궁철우의 딸인 남궁서련과 노닥거리거나 매옥향과 툭탁거리는 것이 전부였다.

열흘이 지나기 전, 토룡이 웬 노인과 함께 담운을 찾아왔다.

"오! 시간관념이 제법 투철하네?"

담운의 반가운 인사에 토룡은 지친 얼굴을 찌푸리며 투덜거렸다.

"전 중원을 이 잡듯 뒤진 거 압니까? 광의 어르신께서 술을 사러 객잔에 들르지 않으셨더라면 절대 찾지 못했을 겁니다.”

“술? 의원이 술도 마셔? 이봐, 영감. 술 마시면 손 떨리지 않아? 의원이 술 마셔도 돼?”

담운의 물음에 광의가 도끼눈을 떴다.

“뭐, 영감? 어린노무 자식이 감히 어느 안전이라고 혓바닥을 함부로 놀려!”

광의의 광기에 찬 눈빛에 담운이 토룡에게 물었다.

“내가 누군지 말 안 했어?”

“형님이 누군지 제가 어찌 압니까? 가르쳐 주지도 않아놓구선.”

“그랬나? 난 알고 있는 줄 알았지. 근데 형님이라니?”

담운의 물음에 토룡이 입을 삐죽거렸다.

“이름도 모르는데 그럼 뭐라고 부릅니까?”

“그런가? 그럼 귀찮으니까 그냥 형님이라 불러.”

피식 웃은 담운이 광의에게 말했다.

“영감, 내가 누구냐면 말이야.”

담운의 입이 벙긋거렸다.

전음입밀(傳音入密)의 수법이다.

전음이 끝나자 광의의 얼굴이 새하얗게 탈색되었다.

“그렇다고 너무 겁먹진 말고. 나는 사부들과는 상관없으니까. 큰사부님이 말씀하시길, 몇 가지 일만 도와주면 모든 걸 잊어주시겠대.”

“그, 그게 정말인가? 그럼 걱정하지 않아도 되겠는가?”

“내가 나이도 어린데 그냥 말 편하게 해. 나 그렇게 싸가지 없는 놈 아냐.”

“그래? 나도 그게 편하긴 하지. 험험. 근데 자네 싸가지없 지 않아. 암, 그렇고말고.”

어른에게 반말을 하는 모양새가 충분히 싸가지없어 보인 다.

그래도 어쩌겠는가? 본인이 아니라고 하니.

서로가 자리를 잡고 앉자 담운이 이야기를 꺼냈다.

“영감, 나 좀 도와줘야겠어.”

“뭘?”

“혹시 잘린 근맥 이어봤어?”

“근맥? 근맥 따위 잇는 게 무에 힘들까. 목이 잘린 놈도 모 가지만 들고 있으면 붙여서 살려주마.”

광의의 호언장담에 담운은 반신반의하면서도 살갑게 고개 를 끄덕였다.

“그거 잘됐네.”

“근데 잘린 근맥을 붙인다고 근력이 살아나는 것은 아니 다. 죽은 근육을 살리려면 뼈를 깎는 노력이 필요할 게야.”

“뼈를 깎든 뼈에 조각을 하든 말든 그건 내 알 바 아니고. 그럼 가지.”

일어서는 담운을 따라 광의와 토룡이 뒤를 따랐다.

담운은 곧장 마구간으로 향했다.

낙서를 하며 놀던 남궁서련이 담운을 발견하자 쪼르르 달려갔다.

"삼춘!"

덥석.

쪼르르 달려온 남궁서련이 담운의 품에 안겼다.

담운은 함박웃음을 지으며 남궁서련의 머리를 쓰다듬었다.

"밥 먹었어?"

"응."

"아빠는?"

"저기."

남궁서련이 고사리 같은 손을 들어 마구간 밖을 가리켰다.

남궁철우는 고삐와 씨름을 하며 마구간으로 돌아오는 중이었다.

"아빠하고 할 얘기가 있으니까 서련이는 혼자 놀래? 영 심심하면 여기 꼬맹이와 놀든지."

"형님, 이거 왜 이러십니까! 제가 꼬맹이와 놀 나입니까? 그리고 저 꼬맹이 아닙니다!"

토룡이 발끈했다.

발끈하기는 남궁서련도 마찬가지였다.

"난 키 작고 못생긴 오빠는 싫어!"

“모, 못생기다니? 네가 아직 어려서 모르나 본데, 나처럼 남자같이 생긴 사람이 여자한테 인기 많다, 너? 여기 형님처럼 허여멀건 남자는 인기없어요.”

“난 담운 삼춘이 더 좋은데?”

“그게 다 어려서 그렇다니까?”

남궁서련과 토룡이 툭탁거리자 광의가 혀를 끌끌 찼다.

“고놈 정신연령이 딱 저 아이와 같구먼.”

광의의 말에 토룡이 인상을 구겼다.

“노인장! 그러시면 안 되죠! 제가 예까지 모시고 오면서 술을 몇 말이나 샀는데.”

“됐다, 이놈아. 난 바쁘니 애나 봐.”

토룡은 투덜거리면서도 담운이 내려놓은 남궁서련의 손을 잡았다.

“오라버니가 당과 사줄까?”

“정말?”

“물론이지. 네가 어려서 모르나 본데, 이 토룡 오라버니 돈 많다? 진짜야.”

무슨 말인지 모르겠지만 토룡이 가슴까지 두드려 가며 장담했기에 남궁서련은 귀엽게 고개를 끄덕였다.

“헤에, 그렇구나. 근데 아빠가 모르는 사람 따라가지 말랬는데?”

“하아, 네가 어려서 모르나 본데, 이 오라버니 모르는 사람 아니다? 여기 형님하고도 친한 사이야.”

“그럼. 아주 친하지. 아빠한테 말해둘 테니 같이 동네 구경이라도 하고 와.”

안 그래도 심심했던 남궁서련은 담운의 말에 크게 ‘응’ 하고 대답한 연후 토룡이 내민 손을 잡았다.

남궁서련의 손을 잡은 토룡이 마구간을 빠져나가자 남궁철우가 고삐를 끌고 도착했다.

담운이 광의에게 턱짓했다.

남궁철우의 고삐를 받으라는 무언의 몸짓이었다.

광의는 어이없었지만 혀를 끌끌 차며 남궁철우에게 다가갔다.

“이리 다오.”

“괜찮습니다. 제가 할 수 있습니다.”

“일없다. 네놈보다 내가 빠를 테니 그냥 내놓거라.”

남궁철우는 광의에게 고삐를 공손히 건네주었다.

흥 하는 코웃음과 함께 고삐를 받아 든 광의는 기둥에 꽉 묶었다.

남궁철우는 마구간 안을 두리번거리다 담운에게 물었다.

“서련이는 어디 갔습니까?”

“자리 좀 비워달라고 했어.”

“호, 혼자 나갔습니까?”

“사람 딸려 보냈으니 애 걱정은 말고, 일단 당신 몸이나 걱정하자고.”

“제 몸을 말입니까?”

담운이 고개를 끄덕였다.

고삐를 묶어놓은 광의가 남궁철우에게 다가가 그의 몸을 더듬었다.

“흐음, 근골은 나쁘지 않군.”

남궁철우가 펄쩍 뛰었다.

“왜, 왜 이러십니까!”

대답은 담운이 대신했다.

“의원이야. 혹시 들어봤나 모르겠지만 광의라고 하지.”

“이놈아, 낫게 하려면 환자의 상태를 알아야 하는 법이다. 움직이지 말거라.”

남궁철우는 못 미더워하면서도 움직이지 않고 광의의 손길에 몸을 맡겼다.

몸을 더듬던 광의의 손이 남궁철우의 하물로 향했다.

기겁한 남궁철우가 쓰러질 듯 물러나자 광의가 낄낄거리며 웃었다.

“고놈, 잘라진 근맥과는 달리 하물은 실하니 몸이 낫거들랑 마누라가 좋아하겠군.”

하얗게 질린 얼굴로 남궁철우가 물었다.

“의, 의원 맞습니까?”

“맞을…… 걸? 근데 나도 지금 막 의심이 생기려고 그러네.”

담운이 눈을 가늘게 뜨고 노려보자 광의는 혀를 끌끌 찼다.

"고놈들, 의심하고는. 귓구녕 씻고 잘 들어라. 저놈 팔다리 근맥이 잘린 지는 칠 년하고 스무하루 됐고, 단전은 근맥이 잘린 다음 일각 후에 짓이겨졌군."

남궁철우는 눈을 끔벅거렸다.

대충 계산해 보니 틀림없다.

거기다 근맥을 절단당한 후 단전이 파괴되었다는 것만은 틀림없었다.

"치료되겠어?"

"내가 말했지 않으냐. 모가지 잘린 놈도 가져오면 붙여주는 게 바로 이 광의 어르신이니라."

"단전은?"

담운의 되물음에 광의의 얼굴이 어두워졌다.

"단전은 살릴 수 없다. 이미 짓이겨진 단전은 대라신선이 와도 어쩔 수 없어."

단전을 살릴 수 없다는 말에도 남궁철우는 화색을 띠며 광의의 옷자락에 매달렸다.

"어르신, 정말입니까? 근맥을…… 제가 보통 사람과 같아질 수 있습니까?"

"더우니까 이거 놓고 말해. 난 광의다. 내가 못 살리는 자는 중원의 그 어떤 누가 와도 어쩔 수 없다. 네놈도 무림인 아니더냐? 그렇다면 근맥을 잇는다고 전부가 아닐 거라는 것은 알 텐데?”

“근맥만 이을 수 있다면…… 단전 따위는 어떻게 돼도 상관없습니다. 지옥 같은 재활훈련도 버텨낼 자신 있습니다.”

“그래?”

광의가 뒤통수를 벅벅 긁었다.

남궁철우는 희열에 들떴다.

사지만 멀쩡하다면 딸을 키우는 데 전혀 지장없다.

“이봐, 남궁철우.”

“네, 대인.”

“대인 아니랬지. 그냥 담 공자라 부르든가 말든가. 몇 번을 말해?”

“죄, 죄송합니다, 담 공자님.”

“님 자는 빼고. 뭐, 그건 됐고. 어쨌든 나 믿지?”

“물론 믿습니다.”

“그럼 일단 근맥부터 이어붙이고 멀쩡해지면 날 찾아와.”

말을 마친 담운이 몸을 돌리자 광의가 말했다.

“필요한 게 있다.”

“뭔데?”

“내 명성을 못 들었더냐? 술 세 동이가 필요하다.”

“술? 어디다 쓰게?”

“술을 어디다 쓰겠느냐? 먹는 데 쓰지. 잔말 말고 술이나 가져다 다오."

"그러지, 뭐. 그럼 내 방으로 가지?"

별로 어려울 것도 없었기에 담운은 광의, 남궁철우와 함께 마구간을 빠져나갔다.

전소갈을 쥐어짜 마련한 술 세 동이가 도착하자 광의는 품속에서 천을 꺼냈다.

천을 펼치자 깨끗하게 손질된 소도와 함께 한 무더기 침이 모습을 드러냈다.

광의는 술 한 동이를 거침없이 비워내고 남궁철우의 수혈을 짚어 재운 다음 몸에 침을 꽂았다.

담운은 자신의 방을 광의와 남궁철우에게 비워주고 전소갈의 방으로 넘어갔다.

광의의 치료는 한 시진 가까이 진행되었다.

잘려진 근맥을 잇는 치료치고는 금방 끝난 편이었다.

사부의 말에 의하면 광의는 중원의 모든 의원 중 다섯 손가락 안에 꼽히는 실력자라 했다.

방에서 탁자를 손가락으로 톡톡 두드리며 시간을 보내던 담운은 문이 열림과 동시에 자리에서 벌떡 일어났다.

광의는 의자에 대충 구겨져 앉아 무릎을 두드렸다.

"나이가 드는 걸 느끼는구먼. 에휴……."

"수고했어, 영감."

“별 시답잖은 소리를 다 하는구나.”

광의가 눈을 흘기자 담운은 피식 웃으며 턱으로 탁자를 가리켰다.

그곳에는 어른 손바닥만 한 자기병이 놓여 있었다.

자기병을 얼른 집어 든 광의는 뚜껑을 열고 코를 벌름거렸다.

“킁킁! 호오? 이거 후아주 아니더냐?”

“난 술은 몰라. 그냥 토룡한테 대충 알아서 좋은 걸로 준비하랬더니 주던데?”

“크흐흐. 네놈이 아직 어려서 술맛을 몰라 그런 게다. 후아주를 준비해 둘 줄은 몰랐거늘. 잘 마시마.”

광의가 가장 좋아하는 술이 후아주(猴兒酒)였다.

한 번에 마시는 게 아까웠던지 조금씩 홀짝거리는 광의를 일별하고 자리에서 일어선 담운은 자신의 방으로 건너갔다.

남궁철우는 평온한 얼굴로 잠에 빠져 있었다.

광의가 시술했을 것으로 짐작되는 손목을 살펴봤지만 의학적 지식이 없는 담운은 아무것도 알 수 없었다.

그저 까만 환약이 손목과 발목에 붙어 있을 뿐이다.

남궁철우에게 이불을 덮어주자 문이 벌컥 열렸다.

양손에 당과를 든 남궁서련과 토룡이 돌아온 것이다.

“너희는 인기척이라는 예의도 모르냐? 문을 똑똑 두드리고 들어와야 될 거 아냐?”

“애 보느라 힘들어 죽겠구만 무슨 예의.”

“에헤헤, 삼춘, 이거 먹을래?”

남궁서련이 손에 든 당과를 담운에게 내밀었다.

“내가 애냐?”

말은 그렇게 하면서도 먹을 것이라면 사족을 못 쓰는 담운은 넙죽 받아 입안에 넣었다.

“하아, 달다.”

“맛있지?”

남궁서련이 헤헤 웃으며 물었다.

담운은 고개를 끄덕이며 행복한 미소를 지었다.

“근데 아빠는?”

“네 아빠? 피곤해서 잔다. 너도 옆에서 잘래?”

“그래도 돼?”

남궁서련은 주위를 둘러보며 눈치를 살폈다.

그동안 마구간에서 자라야 했던 남궁서련이다.

매일같이 지내던 마구간과는 다른 방 안의 낯선 풍경에 적응되지 않는 눈치였다.

“노느라 피곤할 텐데 얼른 자야지?”

말을 마친 담운은 남궁서련을 안아다 남궁철우 옆에 뉘였다.

이불을 턱 끝까지 올려주자 노느라 피곤했던지 눈을 끔벅거렸다.

편한 침상에 누우니 낯설었던 기분도 어느새 사라져 버렸
다.

"따뜻해……."

금방 잠에 빠져드는 남궁서련의 머리를 쓰다듬어 준 담운
이 몸을 돌렸다.

"우린 이만 나가지. 할 말도 있으니."

일행은 전소갈의 방으로 자리를 옮겼다.

대충 의자에 앉은 담운이 전소갈에게 물었다.

"품계 심사가 언제지?"

"사흘 됩니다."

"흠, 그 정도면 괜찮군."

"준비하기엔 촉박할 텐데 괜찮으십니까?"

"내가 준비가 필요한 사람으로 보여?"

담운의 실력을 눈으로 확인은 했지만 미덥지 못한 것은 사
실이었다.

담운은 어깨를 으쓱해 보이고는 토룡에게 말했다.

"돈 좀 빌려줘."

"맡겨놨어요?"

"그러니까 빌려달라고. 이자 쳐서 갚을 테니."

"어디다 쓰려고요?"

"돈을 어디다 쓰겠어? 밥 먹고 숙박비 내고, 거기다 돈 버
는 데 쓰지."

“아예 하오문을 가지시지요?”

전소갈은 새삼스런 눈으로 토룡을 바라보았다.

아직 어린 나이에 하오문의 앞날을 마음대로 결정하고 있었기 때문이다. 그냥 평범한 소년인 줄 알았는데 의외의 내력을 가지고 있었다.

담운이 밝은 얼굴로 답했다.

“그래도 돼?”

“당연히 안 되죠! 말이라고 해요, 지금?”

“에이, 좋다 말았네.”

담운은 툴툴거리더니 전소갈에게 턱짓했다.

“전소갈과 상의해서 돈 빌려줘.”

“빌려 드린다고 안 했습니다만.”

“난 돈 벌 줄 몰라. 쓸 줄도 모르고.”

“자랑이에요, 지금?”

“너 괴롭히는 놈은 이자 대신 내가 혼내주마. 좋은 조건이지 않냐?”

“후, 저희도 손 있어요.”

“내가 듣기론 아닌 걸로 아는데? 무림맹 때문에 정식 문파로 인정받지도 못하고 음지에서 생활하잖아. 그거 내가 해결해 준다고.”

“……!”

천익마왕과 담운 두 사람의 관계와 당부를 알지 못하는 토룡은 깜짝 놀란 얼굴로 담운을 바라보았다.

거짓말하는 것처럼 보이지는 않는다.

담운이 하는 말은 큰 의미를 담고 있다.

"무림맹을 적으로 삼게 될지도 모를 텐데요?"

"그렇게 해야 한다면 그러려고."

이번에는 전소갈이 깜짝 놀랐다.

담운의 사정을 모르는 전소갈은 의아하면서도 복잡한 시선을 던졌다.

무림맹을 적으로 삼는다고 한다. 그렇다면 왜 무림맹에 적을 올린단 말인가. 외당주는 왜 되려 한단 말인가.

멍하니 있던 토룡이 영문을 모르겠다는 얼굴로 물었다.

"왜요?"

"뭐가 왜요야?"

"왜 무림맹을 적으로 삼아가며 저희를 도와주냔 말입니다."

"얌마, 니가 뭔가 오해하나 본데, 나 그렇게 좋은 사람 아니다. 아무 이유도 없이 도와주고 그런 사람이 아니라고. 돈을 빌려주면 그 대가를 지불할 뿐이야. 게다가 무림맹에는 나도 맺힌 게 많은 사람이거든."

잠시 말을 멈췄던 담운은 계속해서 이야기를 이어갔다.

"내가 할 줄 아는 거라곤 싸움질밖에 없지. 그래서 해주려고. 너희들의 창과 방패가 되어준다. 대신 날 도와줘. 그 정도면 이유가 되나?"

토룡은 한숨을 내쉬었다.

자신이 하오문 후계자 중 하나인 토룡이라지만 쉽사리 결정을 내릴 사안이 아니었다.

만약 담운이 내민 손을 잡고 성공하게 된다면 하오문의 문주가 될 확률은 높아질 것이다. 하지만 실패하게 된다면 그 후폭풍은 쉽게 감당할 수 없는 노릇이었다.

담운의 실력이 어디까지인지도 모르지 않는가.

일존사왕 중 한 명의 제자일지도 모른다는 사실만으로 도박을 하기에는 위험부담이 큰 것이 사실이다.

고민에 빠진 토룡이 가까스로 입을 열었다.

"생각할 시간…… 줍니까?"

"물론. 품계 심사 전까지 대답해 줘."

"네."

토룡이 마지못한 듯 대답했다.

담운은 전소갈을 바라보며 말했다.

"들어서 알겠지만 난 무림맹과 좋은 관계를 유지할 수 없어. 내가 이렇게 대놓고 말한 이유도 너에게 선택할 수 있도록 하기 위함이지."

전소갈도 토룡과 마찬가지다.

전소갈의 바람대로 내당에 자리 잡을 수는 없다.

서로 이해관계가 달라지면 갈라서는 것이 맞는 법.

담운이 전소갈에게 이야기를 꺼낸 것도 선택할 기회를 주기 위함이었다.

"무슨 선택 말입니까?"

"내가 하는 일을 돕든지 아니면 이대로 무림맹에 가서 폭로하든지. 선택은 네 몫이야."

전소갈은 아무런 말도 하지 못했다.

그도 무림맹에 불만을 가지고 있었다.

무림맹은 소위 말해 힘있는 자들을 위한 기관이다.

낭인에 불과한 자신들에게는 아무런 혜택도 없다. 그저 이름만 빌려줄 뿐이다.

전소갈이 잠긴 목소리로 물었다.

"제가 무림맹에 폭로한다면 어쩌실 생각이십니까?"

담운은 아무렇지도 않은 얼굴로 어깨를 으쓱했다.

"어쩔 수 없지. 은혜는 반드시 갚고 원한은 열 배로 갚으라고 하셨거든. 일단 너에게 도움을 받았으니 그걸 먼저 갚는 게 도리지."

전소갈은 고개를 끄덕였다.

"곧바로 결론 내릴 수 없겠군요. 알겠습니다. 저도 생각해 보겠습니다."

여기서도 전소갈의 능력이 빛을 발했다.

겉으로는 생각한다고 했지만 속으로는 재빠르게 계산을 하는 중이었다.

솔직히 지금 이대로 머물러도 먹고사는 데 지장은 없다.

하지만 사나이로 태어나 한평생 이렇게 살고 싶지는 않았다. 그도 처음에는 풍운의 꿈을 안고 입맹(入盟)하지 않았던가.

원래 도박이 그러하듯 성공한다면 대박이요, 실패하면 쪽박이다.

"그러도록."

담운은 마지막으로 남은 광의에게 눈길을 주었다.

술을 홀짝이던 광의가 펄쩍 뛰었다.

"난 끌어들이지 마라."

"사부한테 이를 건데도?"

"……."

"영감, 이제 늙어서 적적하잖아. 말년은 신나게 보내야지?"

"에끼, 이놈. 나 한 번도 적적한 적 없다. 그리고 내가 늙었다니. 아직 팔팔하다. 아마 네놈이 벽에 똥칠할 때까지 살 게다."

"그러든지. 난 강요할 생각은 없어. 영감도 품계 심사 전까지 결정해서 알려줘."

광의는 대답하지 않고 술로 목을 축였다.

담운과 다르게 사람들은 생각이 많아져 잠도 오지 않았다.

전소갈은 담운이 내민 손을 잡고 무림맹을 배신하느냐, 아니면 불확실한 미래에 투자를 하느냐에 관해 고민했다.

토룡은 담운을 믿어도 괜찮은지에 관해 생각에 잠겼고, 광의는 술만 들이켰다.

<u>쓰르르쓰르르.</u>

고요한 밤에 풀벌레 우는 소리만이 객잔의 유일한 소음이었다.

第六章

품계심사

날이 밝았다.

토룡은 새벽녘이 되어서야 창문객잔을 떠났다.

광의와 전소갈은 늦게 침소에 들어 아직 일어나지 않았다.

반면, 간밤에 숙면을 취한 담운은 아침 일찍 남궁철우가 있는 방으로 향했다.

남궁철우는 이미 잠에서 깨어 있었다.

의자를 침상 옆에 끌어놓고 딸의 머리카락을 쓰다듬어 주고 있었다.

담운이 인기척을 내자 남궁철우는 정신을 차리고 자리에서 일어났다.

아직 비틀거리기는 하지만 예전보다 힘있어 보이는 모습이었다.

"오셨습니까, 담 공자님?"

"님 자는 빼지. 몸은 좀 어때?"

"괜찮습니다."

"내가 어제 일어나면 찾아오라 일렀을 텐데?"

"아, 죄송합니다."

"뭐, 그건 됐고, 앞으로 어쩔 생각이야?"

남궁철우의 얼굴이 어두워졌다.

"아직 잘 모르겠습니다. 아이를 키우기 위해서는 현재 다행스러운 일이지만, 제 몸이 나았다는 소식이 남궁세가의 귀에 들어가면……."

남궁철우는 뒷말을 흐렸다. 하지만 하지 않은 그의 뒷말은 능히 짐작 가능했다.

이미 근맥과 단전을 폐하고 남궁세가에서 축출당한 것으로 형벌이 끝났지만, 본보기로 만들어놓은 폐인이 멀쩡한 몸으로 돌아다닌다면 남궁세가에서 가만히 있지 않을 수도 있다는 뜻이다.

"그 일이라면 간단해. 남궁세가에 미련이 남아 있나?"

"있을 리가 있겠습니까?"

"흠, 읊어봐."

"무슨 뜻이신지……."

"세가에서 축출당한 사연 말이야. 읊어봐."

남궁철우는 고개를 끄덕이고는 천천히 자신의 옛 이야기를 들춰냈다.

"저는 직계가 아니라 방계 출신입니다. 방계 출신은 같은 남궁 씨라도 대접을 받지 못합니다. 무공도 하급무사들과 함께 철왕검을 익힌 것이 전붑니다."

"그런 사정 말고, 서련이 말이야. 듣자 하니 여자를 위해 제왕검형을 훔쳐 달아났다던데."

"아닙니다. 집사람은 가주를 수행하여 호북에 갔다가 처음 만났습니다. 낭인무사와 싸우고 있더군요. 그녀도 낭인 출신이었고요. 첫눈에 반했습니다. 여자의 몸으로 강단있게 남자들과 싸우는 모습에 푹 빠졌습니다. 그녀를 도와준 인연으로 서신을 주고받다가 결혼하기로 마음먹었습니다. 하지만 세가에서는 반대가 심하더군요."

남궁철우는 쓸쓸하게 웃으며 이야기를 이어갔다.

"그들에게는 방계도 도구였습니다. 듣기로는 하북팽가 쪽 방계 여식과 혼약을 맺었다 들었습니다. 사랑하는 사람을 두고 다른 사람과 결혼한다는 것은 못할 짓이라 저는 집사람과 함께 떠났습니다. 집사람과 이 년을 함께 살았지요."

잠시 말을 멈춘 남궁철우는 자신의 딸인 남궁서련을 바라보았다.

"하지만 저 아이를 낳다 집사람은 난산으로 죽고 말았죠.

엎친 데 덮친 격으로 남궁세가에 붙잡히고 말았습니다. 그들은 제 사정 따위는 상관하지 않더군요. 이유 불문하고 단전이 파괴당하고 근맥을 절단당한 채 이곳에서 노예와 같은 생활을 이어가고 있었습니다. 제왕검형은 가주의 침소 깊숙한 곳에 숨겨져 있는데 제가 어찌 훔치겠습니까.”

남궁철우의 이야기가 끝나자 담운은 고개를 끄덕였다.

자신의 눈이 틀리지는 않았다고 생각했다.

“그럴지도 모른다고 생각했지. 그럼 앞으로 어떻게 지낼 생각이지?”

“아이와 함께 여생을 보내고 싶습니다.”

“그래? 그럼 서련이 고생시키지 말고 잘살아.”

말을 마친 담운이 훌쩍 자리에서 일어나자 남궁철우는 의아한 얼굴로 물었다.

“그냥 가십니까?”

“가야지.”

“저……”

남궁철우가 주저하며 운을 뗐다.

담운은 고개를 갸웃하며 남궁철우가 말하기를 기다렸다.

잠시 어물거리던 남궁철우가 입을 열었다.

“저를 치료해 주신 이유를 가르쳐 주실 수 있습니까?”

“이유? 이유랄 게 있나? 없어, 그런 거. 그냥 성치 않은 몸으로 딸을 돌보는 모습이 짠해 보였다고 해두지.”

"앞으로 담 공자님을 보필하고 싶다면 어떻게 하실 생각이
십니까?"

"그러고 싶나?"

"……."

꿀 먹은 벙어리마냥 말을 하지 못하는 남궁철우의 어깨를
짚으며 담운이 말했다.

"난 강요 따윈 안 해. 너를 치료해 준 걸로 생색내거나 그
럴 생각 없어. 결정은 온전히 네 몫이다. 난 옆방에서 머물고
있으니 결정 마치면 알려주도록."

장평 이외에 다른 사부들의 부탁도 완수하려면 세력을 만
들어두는 편이 수월하다.

굳은 심지를 가지고 안심하고 일을 맡길 수 있는 사람이 필
요하다.

믿고 어깨를 빌려줄 수 있는 동료가 필요하다.

그런 면에서 남궁철우는 담운에게 필요한 사람이었다.

말을 마친 담운은 문을 열고 밖으로 나갔다.

홀로 남은 남궁철우는 생각에 잠겼다.

그의 생각은 그리 길지 않았다.

자리에서 일어난 남궁철우는 문을 열고 밖으로 나섰다.

그가 향하는 곳은 담운의 방이었다.

남궁철우가 남기로 결심한 순간부터 지옥이 시작되었다.

의술에 조예가 없던 담운은 남궁철우를 광의에게 맡겼다.

광의는 심심하던 차에 잘됐다며 남궁철우를 굴리기 시작했다.

사실 말로는 거칠게 굴린다고 하지만 재활훈련은 빨리 시작하면 할수록 좋은 법이다.

환자에게 손을 대면 반드시 끝을 보는 그의 성격상 남궁철우를 떠맡게 된 것은 차라리 잘된 일이었다.

광의는 서둘렀다.

아침을 먹자마자 재활훈련이 시작되었다.

처음은 만두를 쥐는 일부터 시작됐다.

만두를 쥐어서 터뜨리는 일. 그런 일 따위는 세 살 먹은 꼬마도 할 수 있다.

하지만 광의가 남궁철우에게 준 만두는 달랐다.

만두소가 없고, 그냥 밀가루만으로 만들어진 만두였다.

크기도 커서 주먹 가득히 들어오는 만두였다.

"끄으응……."

얼굴이 벌게지도록 최선을 다해 만두를 쥐어봤지만 터뜨리기는커녕 제대로 쥘 수조차 없었다.

칠 년이 넘는 세월 동안 사용하지 않았던 근육은 남궁철우의 의지를 배신했다.

근육은 부풀어 오르고, 온몸이 땀으로 흠뻑 젖었건만 주먹을 쥐지 못했다.

"방 안을 돌아다녀. 다리 끌지 말고. 정확히 무릎을 배꼽까지 들어 올린 다음 내디뎌."

광의의 주문은 계속되었다.

남궁철우는 땀을 뻘뻘 흘리며 방 안을 걸었다.

잘렸던 근맥이 붙었다고 해서 바로 힘을 쓸 수 있다고 생각하면 오산이다.

주먹만 쥐면 될 일이련만 손은 남궁철우의 뜻대로 움직여 주지 않았다.

걸음을 옮김과 동시에 만두를 쥐는 일.

남들은 쉽게 하는 그 일이 남궁철우에게는 결코 쉽지 않았다.

거기다 걸음을 옮기는 일도 결코 쉬운 일이 아니었다.

다리가 들어 올려지지 않았다.

크게 한 발자국 내디뎌 보려 하면 균형을 잡지 못했다.

하루를 꼬박 보냈지만 만두는 터뜨리지 못했다.

해가 떨어질 때까지 고작 다섯 평 남짓 되는 방 안을 두 바퀴 돌았을 뿐이다.

"그만해라. 무리한다고 되는 일이 아니다."

"더 할 수 있습니다."

이를 악문 남궁철우가 대답했다.

광의는 혀를 끌끌 찼다.

"평생 앉은뱅이로 살고 싶으면 더 하거라."

광의의 말이 떨어지고 나서야 남궁철우는 멈췄다.

그의 의지는 대단했다.

"하아, 하아……."

거친 숨을 몰아쉬던 남궁철우는 그대로 쓰러졌다.

재활훈련은 뼈를 깎는 고통을 수반한다.

그런 고통을 하루 종일 참아가며 땀을 흘리는 모습에 광의는 흡족했다.

침상에 남궁철우를 눕힌 광의는 침을 꺼내 손목, 발목에 놓았다.

시침이 끝나고 나자 담운이 방 안으로 들어왔다.

그의 손에는 당과 하나와 역시 당과 하나를 들고 있는 남궁서련의 손이 쥐어져 있었다.

남궁철우가 재활훈련을 하는 동안의 고통스러운 모습을 보지 못하도록 남궁서련을 데리고 놀아줬던 것이다.

남궁철우를 발견한 남궁서련이 반색을 하며 쪼르르 달려갔다.

남궁서련은 아비가 실신한 사실을 몰랐다. 그랬기에 남궁철우를 흔들며 칭얼대었다.

"아빠, 또 자? 잠꾸러기. 밥은 먹구 자야지."

"허허, 네 아비는 오늘 힘들었단다. 쉬게 놔두려무나."

"그래두……."

볼을 내밀며 투정을 부리는 남궁서련에게 광의는 친할아

버지 같은 미소를 지어 보였다.

"서련이는 오늘 뭘 했누?"

"헤헤. 저는 오늘 삼춘하구 토 오라버니하구 같이 시내를 구경했어요. 그리구……."

작은 입술로 마치 새처럼 조잘거리는 남궁서련이 귀여웠던지 광의는 너털웃음을 터뜨리며 맞장구를 쳐주었다.

"저녁은 먹었느냐?"

"아, 맞다! 토 오라버니가 내려오시랬어요."

"먼저 가서 기다리려무나."

"네. 삼춘도 빨리 와."

고사리 같은 손을 흔들어준 남궁서련이 방을 나서자 담운이 광의에게 물었다.

"경과는?"

"내 살다 살다 이런 독종은 처음 봤다. 내 여러 놈 근맥을 이어줬지만 이놈처럼 독하게 재활하는 놈은 처음이야."

"좋다는 말인가?"

"좋지. 근육은 파괴되고 재생되는 과정을 겪으며 발달하게 마련. 죽은 근육을 사용하고, 그 근육을 살리기 위해 내가 침을 놔줬으니 지금처럼만 하면 내일 저녁쯤에 일 단계를 돌파할 게다."

"그래? 난 모르니 영감이 알아서 해줘. 그럼 밥 먹으러 가지?"

"침 두어 번 더 놔주고 환약도 붙여야 되니 마저 하고 내려 감세."

담운은 광의에게 고개를 끄덕여 주고 방을 나섰다.

광의는 흐뭇한 미소를 남궁철우에게 던졌다.

무릇 의원이란 살고자 최선을 다하는 환자가 마음에 들게 마련이다.

"네놈이 재활훈련을 마칠 때면 보통 놈들보다 훨씬 건강할 게다. 이건 광의인 내가 보장하지."

광의는 남궁철우의 손목과 발목에 두어 번의 침을 더 놔주 고 정성스레 환약까지 붙여주고 나서야 밥을 먹으러 내려갔 다.

다음날 점심 무렵, 드디어 남궁철우는 만두를 쥐어 터뜨릴 수 있었다.

광의의 예상보다 반나절이나 빨랐다.

밀가루가 무슨 힘이 있겠는가?

주먹을 쥐게만 된다면 만두는 터지게 되어 있었다.

광의는 만두를 터뜨리고 뛸 듯이 기뻐하는 남궁철우에게 말했다.

"좋아하지 마라. 이제 시작이니."

"감사합니다, 어르신."

"감사는 개뿔."

광의는 지필묵을 들어 서찰 하나를 작성했다.

다음 단계를 진행하기 위하여 산으로 떠난다. 열흘 뒤에 오겠다. 그때가 되면 보통 사람과 다를 바 없을 게다.

서찰 작성을 마친 광의는 무작정 남궁철우를 데리고 산으로 떠났다.

남궁철우는 딸이 눈에 밟혔지만, 이왕 하게 된 재활훈련에 최선을 다하기로 독하게 마음먹었다.

저녁 무렵 시내에서 돌아온 남궁서련이 남궁철우를 찾아가려고 떼를 썼지만, 토룡이 달래고 달래 겨우 남을 수 있었다.

광의와 남궁철우가 떠나고 품계 심사는 어느덧 하루 앞으로 다가와 있었다.

매월 말일이 되면 무한은 축제 분위기에 들뜬다.

오늘은 어떤 고수가 나타나 승급을 하게 될 것인가. 이것은 무한에 사는 사람들이라면 모두가 궁금해하는 사안이었다.

장사치들 또한 매월 말일을 기다렸다.

이때는 많은 외지인들이 무한을 찾기 때문에 꽤나 쏠쏠한 매상을 올릴 수 있기 때문이다.

아침 먹을 시간은 이미 훌쩍 지났다.

아무리 기다려도 담운이 내려오지 않자, 담운을 깨우는 일은 일행을 대표하여 토룡이 맡게 되었다.

방으로 찾아갔더니 담운은 아직도 꿈속을 헤매고 있었다.

"형님, 일어나시죠?"

토룡이 깨워도 담운은 일어나지 않았다.

토룡은 눈살을 찌푸리더니 담운을 흔들었다.

"얼른 일어나서 준비해야 할 거 아냐."

"말이 짧아졌다?"

토룡의 반말에 담운이 실눈을 뜨고 일어났다.

토룡은 어깨를 으쓱하더니 용건을 털어놓았다.

"전에 했던 말 말예요. 도박이 되겠지만 그거 받아들이겠어요."

"잘 생각했어."

끙 하는 소리와 함께 몸을 일으킨 담운은 고개를 좌우로 꺾었다.

"잠자리가 편해지니 도통 잠이 안 오네. 품계 심사는 몇 시에 시작이야?"

"미시요."

"대낮 땡볕에 몸을 써야 된단 말이야? 귀찮네, 정말. 점심은 주냐?"

"하이고. 긴장되어 밥이 넘어가겠어요?"

"긴장? 내가 긴장 따윌 할 사람으로 보여?"

"어련하실까요. 근데 안타깝게도 점심은 안 줍니다."

"뭐야? 밥도 안 주고 사람을 부려먹는단 말야? 정말 어이없네."

어이없기는 토룡이 더 어이없었다.

투덜거리며 몸을 일으키는 담운에게 토룡은 검은색 무복을 건넸다.

"이건 뭐야?"

"뭐, 계약금 대신이라고 해두죠. 그런 누더기 입은 사람에게 형님이라 부를 수는 없잖습니까."

"선물이냐? 돌려 말하기는."

피식 웃은 담운은 누더기 같은 옷을 벗고 토룡이 준 옷으로 갈아입었다.

옷이 날개라더니, 옷을 갈아입은 담운의 모습은 헌앙하게 바뀌어 있었다. 토룡이 눈을 비벼가며 다시 봤을 정도로.

옷을 다 갈아입은 담운이 물었다.

"왜 그래? 눈에 뭐라도 들어갔어?"

"험험. 아무것도 아니에요. 얼른 내려가죠."

어깨를 으쓱한 담운이 문을 나섰다.

그의 뒤를 따르며 토룡은 같은 옷으로 한 벌 사서 입기로 마음먹었다.

객잔으로 내려가자 담운을 아는 일행은 모두 모여 있었다.

담운은 손을 흔들며 일행에게 다가갔다.

일행은 담운이 다가오자 하나같이 모두 눈을 동그랗게 떴다.

도무지 얼마 전의 거지와 동일인이라고는 생각지 못할 정도였다.

"옷이 날개라더니…… 용 됐네요."

소접이 눈을 끔벅거리며 말했다.

매옥향은 아비가 맡겼던 일과 담운에 관한 일을 보고하고 회포도 푸느라 시간 가는 줄 모르다가 승급 심사 덕분에 풀려날 수 있었다.

내키지는 않았지만 담운에 관한 일을 전담했기에 객잔을 찾은 것이다.

정작 칭찬을 받은 담운은 옷이나 이런 것에는 관심이 없었다.

그의 관심은 오직 밥이다. 이십 년간 먹지 못했던 밥을 보충하고 있는 것이다.

"나 기다리고 있었어? 먼저 먹지 그랬어."

소접과 함께 앉아 있던 매옥향이 코웃음을 쳤다.

"흥. 우린 벌써 먹었거든요?"

"그래? 그럼 혼자 먹게 됐으니 오늘은 간단하게 먹어볼까?"

담운은 점소이를 불러 몇 가지 음식을 시켰다.

간단하게 시킨 음식이 무려 사 인분.

“……그걸 다 먹게요? 간단하게 먹는다며?”

“너무 많이 먹으면 움직이는 데 불편해.”

매옥향은 기가 질려 고개를 절레절레 흔들 뿐이었다.

담운이 늦은 아침을 먹은 후 일행은 무림맹의 내당으로 자리를 옮겼다.

내당의 성문을 들어서자 수많은 전각이 모습을 드러냈다.

중앙에는 거대한 연무장이 자리 잡고 있었고, 북쪽 끝에는 금빛으로 휘황찬란하게 빛나는 거대한 전각이 있었다.

전소갈의 말로는 그곳이 바로 무림맹주를 위시한 수뇌부들이 사는 곳이라 했다.

연무장은 깔끔하게 정리가 되어 있었는데, 이곳에서 비무를 하게 되어 있는 것이다.

연무장의 외곽은 비무 관람자들을 위한 많은 의자가 길게 놓여 있었다.

품계 심사를 받을 담운과 그의 안내를 맡은 전소갈만 무사 대기실로 갔고, 나머지는 무대가 잘 보이는 곳에 자리를 잡았다.

대기실의 문을 열자 땀 냄새가 훅 풍겨 나왔다.

문이 열리자 대기실 무사들의 시선이 일제히 담운에게 꽂혔다.

“하던 거 멈추지 말고 마저 해.”

말을 마친 담운은 어깨를 으쓱해 보이고는 문을 닫았다.

험악하게 생긴 사내가 야릇한 미소를 지으며 담운에게 다가왔다.

"처음 보는 얼굴인데 엄마 젖은 좀 먹고 왔느냐? 오늘이 지나면 엄마 젖도 못 먹게 될 터인데."

담운이 초면에 던진 반말에 대한 반응치고는 꽤나 거칠었다.

사내의 위아래를 훑어본 담운이 입꼬리를 늘리며 답했다.

"댁은 오늘 아침에 고기반찬이라도 먹었나? 오늘이 지나면 죽만 먹게 될 텐데."

오히려 안타깝다는 얼굴로 대꾸하는 담운을 보며 사내가 껄껄 웃었다.

"고놈, 생긴 거완 다르게 입담이 제법 맵구나. 그 입담만큼이나 손속도 맵길 기대하마."

피식 웃은 담운은 대기실을 훑어보았다.

아무리 둘러봐도 고수는 보이지 않았다.

겨우 삼류를 벗어난 그들이 기도를 숨기고 있을 리는 만무한 법.

담운은 한숨을 내쉬며 고개를 절레절레 저었다.

외당이라 큰 기대는 하지 않았다지만 이 정도 수준으로 그런 위세를 떨었다니 기가 찰 노릇이다.

무사들 살피기를 마친 담운은 계속 서 있을 수는 없었기에 구석으로 가 아무 자리에나 앉았다.

무사들은 긴장을 풀기 위해 쉴 새 없이 몸을 움직이고 있었다.

그들을 구경하는 것도 시들해진 담운은 벽에 뒤통수를 기대고 반쯤 드러누웠다.

눈까지 감으니 옆에서 중얼거리는 소리가 들려왔다.

담운의 옆에는 어려 보이는 소년이 손을 맞잡고 앉아 있었다.

흥미가 생긴 담운이 자세히 살펴보니 소년은 하얗게 질린 얼굴로 혼자 중얼거리고 있었다.

"난 할 수 있어. 할 수 있어. 서풍아, 넌 할 수 있다."

"네 이름이 서풍이냐?"

담운의 물음에 소년은 후다닥 자리에서 일어났다.

"누…… 누굽니까, 당신은?"

"나? 난 담운이라고 하는데."

"내 이름은 어떻게 알고 있습니까?"

"야야, 그러지 말고 여기 앉아. 사람들이 이상하게 보잖냐."

담운이 고갯짓으로 의자를 가리켰다.

그의 말대로 무사들이 비죽비죽 웃으며 자신을 바라보고 있었다.

얼굴이 빨개진 서풍은 후다닥 담운의 옆에 앉았다.

"다시 한 번 묻겠습니다만, 제 이름은 어떻게……."

"네 입으로 말하더만. 그건 그렇다 치고, 너, 소심하냐?"

"소, 소심 안 합니다!"

서풍이 발끈했다.

"소심 안 하는 건 또 무슨 말이야. 내가 볼 때 넌 충분히 소심한데?"

"후, 맘대로 생각하시죠."

서풍은 다시 눈을 감고 자신을 다독이기 시작했다.

"긴장되냐?"

담운의 물음에도 서풍은 대답하지 않았다. 눈조차 뜨지 않고 중얼거리기만 반복했다.

"그럴 때 직방인 방법이 하나 있는데……."

말끝을 흘리며 서풍의 눈치를 살폈다.

눈을 감고 중얼거리고는 있지만 담운의 이야기에 흥미가 있는 눈치다.

담운은 헛기침을 하며 벽에 머리를 기댔다.

"관심없음 말고."

기대했던 이야기가 나오지 않자 서풍은 끙 하는 소리를 냈다.

여전히 눈을 감은 서풍이 조심스레 입을 열었다.

"저기……."

"뭐?"

“그 방법이란 게 뭡니까?”

얼굴도 순진하게 생겼는데 성격도 순진한가 보다.

담운은 훗 하고 웃었다.

“별거 아냐. 상대방의 얼굴을 보는 거지.”

“무슨 뜻이신지…….”

“말로 해봤자 모를 테니 보여주지. 자, 저기 저 사람 보이지?”

담운이 손가락으로 무사 하나를 가리켰다.

서풍은 담운의 손가락 끝에 걸린 무사를 보며 고개를 끄덕였다.

“저자를 자세히 살펴봐.”

몸을 풀던 무사가 자신을 삿대질하는 담운을 발견하곤 인상을 긁었다.

서풍은 찔끔해 고개를 숙였다.

담운은 쯧쯧 하며 혀를 차고는 서풍에게 물었다.

“뭐가 보이디?”

“무, 무서운 사람요.”

“병이네, 병. 너 소심하다고 놀림받고 자랐냐?”

“아닙니다!”

“그럼 맞고 자랐냐? 어쨌든 내가 봤을 때 저놈은 말야, 아무리 봐도 말인데?”

“말?”

“다시 한 번 봐봐.”

담운의 말에 용기를 얻은 서풍은 조심스레 그 무사를 살폈다.

과연 담운의 말대로 무사의 얼굴은 말을 연상시켰다.

기다란 하관에 튀어나온 이빨.

“풉!”

서풍은 자신도 모르게 웃음이 튀어 나왔다.

“모든 사람이 완벽한 건 아냐. 아, 물론 난 제외하고. 난 완벽해. 아무튼 사람들이란 어딘가에 약점이 존재하게 마련이다. 그것이 겉모습이 될지 아니면 너처럼 마음이 될지. 약점을 극복하는 건 마음먹기에 달렸다고 어떤 영감님이 말씀하셨지.”

서풍은 담운의 말에 작게 고개를 끄덕였다.

자신을 보며 웃자 무사는 발끈해 서풍에게 걸어왔다.

“너 이 새끼, 왜 날 보고 비웃어? 내가 웃기냐?”

서풍은 깜짝 놀라 고개를 폭 숙였다.

“죄, 죄송합니다!”

“너, 품계가 뭐냐?”

“사, 삼품입니다.”

“삼품? 나보다 위잖아? 품계가 위면 사람 보고 막 비웃어도 되냐? 어? 나이 많은 내가 만만해 보여?”

“아닙니다! 죄송합니다!”

"죄송하다면 다냐? 죄송하다고 사과하고 끝나면 법은 왜 있고 위계질서는 왜 있냐!"

위계질서를 범하는 것은 상대방이 더했다.

어찌 된 일인지 대기실의 무사들은 사내의 눈치만 살피며 참견하지 않았다.

똥 묻은 개가 무서워서 피하는 것은 아니라는 그런 분위기였다.

연방 허리를 숙여 사과하는 서풍의 뒤통수에 무사의 손이 날아들었다.

턱.

그 손은 끝까지 가지 못하고 중간에 멈춰졌다.

무사가 도끼눈을 뜨며 담운을 노려보았다.

"이거 안 놔? 넌 또 뭐야!"

"나? 오품무사 담운이다."

"오품? 이 새끼는 나보다 낮은 놈이잖아! 예의 안 지켜!"

"그럼 넌 왜 삼품무사한테 예의 안 지키냐?"

"허허, 이 새끼 봐라? 난 말이야, 소싯적부터 빡치면 무림 맹주한테도 대들었다는 철산호야. 광견 철산호. 알아, 몰라, 새꺄?"

철산호의 왼 주먹이 담운의 얼굴로 날아들었다.

담운은 귀찮다는 표정으로 오른손을 털었다.

그의 손짓에 철산호는 뒤로 다섯 발자국이나 물러서서야

멈춰 설 수 있었다.

보는 눈이 많아 실력을 숨기고 있지 않았다면 담운의 한 수에 골병이 들었을 철산호였다.

창피를 당한 철산호가 소매를 걷어 올리며 으르렁거렸다.

"이 새끼가 지금 나랑 해보자는 거지?"

"미친 개새끼가 멍멍 짖으니 귀가 따갑군. 이봐, 서풍. 넌 삼품이라면서 하극상 하는 놈을 놔두냐?"

서풍은 아직도 고개를 들지 못하고 있었다.

"너 이 새끼, 명년 오늘을 제삿날로 만들어주마. 자식새끼 많이 까놨길 빈다. 제삿밥은 챙겨 먹어야 될 테니."

비아냥거리며 저벅저벅 걸어오는 철산호.

서풍이 아무런 말도 못하고 고개만 숙이고 있자 짜증이 솟구친 담운은 살기 담은 눈빛으로 철산호를 노려보았다.

"그 입 한 번만 더 놀리면…… 나도 어떻게 할지 모르니 닥치는 게 좋을 거다."

담운의 눈빛에 찔끔한 철산호는 멈춰 서서 애써 턱을 치켜들며 더듬더듬 말했다.

"뭐, 뭐, 인마? 노려보면 어쩔 건데? 험험. 여기서 싸우면 품계 심사도 못 보고 실격이니 내가 봐준다. 알겠어?"

헛기침과 함께 등을 돌리는 철산호였다.

대기실에 모여 있던 무사들은 좋은 구경 놓쳤다는 표정으로 다시금 몸을 풀기 시작했다.

담운은 의자에 앉아 예의 같은 자세를 취했다.

"죄, 죄송합니다."

서풍이 담운에게 사과했다.

"소심함은 나라님도 구제하지 못한다는데, 넌 어쩌냐?"

"그런 말이 있습니까?"

서풍이 고개를 들며 물었다.

담운은 어깨를 으쓱했다.

"나도 몰라."

김빠진 얼굴로 고개를 숙인 서풍은 다시 손을 맞잡고 자신을 다독이기 시작했다.

무료해진 담운은 벽에 고개를 대고 잠에 빠져 버렸다.

뎅! 뎅! 뎅!

미시를 알리는 종이 울렸다.

곧 이어질 비무에 관한 기대감으로 연무장에 모인 사람들의 열기가 후끈 달아올랐다.

무림맹 외당 무사들의 실력은 뛰어나지 않다. 하지만 그들은 마치 개싸움을 연상케 했다.

피가 터지고, 살이 갈라지고, 뼈가 부서진다.

그런 원초적인 싸움에 사람들은 열광하게 마련이다.

후끈 달아오르기는 대기실도 마찬가지였다.

품계 심사에 이름을 올린 무사들은 적잖이 긴장한 눈치

였다.

자신과 실력이 비슷한 무사 네 명과 싸워 이겨야 승급이 된다. 한 명과 싸워도 이길까 말까 한 상대가 무려 넷이나 된다.

웬만한 자신감이 아니면 승급 심사는 꿈도 꾸지 못한다. 그럼에도 불구하고 대기실에 모인 무사는 모두 일곱.

대기실의 문이 벌컥 열렸다.

"지금부터 순번표를 나눠 준다."

심사관을 맡은 이품무사가 대기실에 모인 무사들에게 순번표를 나눠 주었다.

서풍은 여섯 번째였다.

순번표를 나눠 주던 이품무사가 담운의 앞에 섰다.

담운이 눈을 감고 있자 황당하다는 표정으로 이품무사가 서풍에게 물었다.

"이자는 지금 뭐하고 있는 겐가?"

"저도 잘……."

드르릉.

때를 맞춰 담운이 코를 골았다.

이품무사는 헛웃음이 나오는 것을 느꼈다.

십 년 가까이 대기실을 드나들었지만 이곳에서 자는 사람은 처음 보았다.

이품무사는 담운의 무릎 위에 순번표를 던졌다.

"일어나면 가져오도록 이르게."

“네.”

서풍에게 당부의 말을 남긴 이품무사가 첫 번째로 순번을
배정받은 무사와 함께 밖으로 나갔다.

와아아!

열린 문틈으로 관중들의 함성이 들려왔다.

관중들의 함성에 서풍의 표정은 어두워졌고, 나머지 무사
들의 얼굴에는 긴장감이, 담운의 얼굴에는 평화가 깃들어 있
었다.

第七章
넌 코흘리개들 돈 뺏으면 자랑스럽나

다섯 번에 걸친 비무가 끝났다.

다섯 번의 비무 동안 승급에 성공한 무사는 철산호가 유일했다.

그는 공격을 막다 왼쪽 팔과 오른쪽 다리가 부러졌으며, 머리도 깨졌다.

피를 철철 흘리며 귀기(鬼氣)를 뿜어내는 철산호의 기세에 사품무사 넷은 질겁했다.

무림맹주에게도 덤빌 깡이 있다던 그의 말이 빈말은 아님을 알게 해주는 광경이 아닐 수 없었다.

차례차례 사품무사들을 쓰러뜨린 철산호는 기어코 승리를

차지했고, 삼품무사가 되었다.

승리한 철산호의 외침이 연무장을 뒤흔들었다.

"씨발! 나도 이제 삼품무사라 이거야!"

연무장에 모인 관중들은 열광적인 박수로 철산호의 외침에 화답했다.

철산호가 전투 불능이었기에 이품으로의 승격 비무는 하지 못하고 끝났다.

이제는 서풍의 차례였다.

"삼품무사 서풍."

호명된 서풍이 자리에서 일어났다.

담운은 여전히 세상모르고 잠에 빠져 있었다.

서풍은 담운이 부러웠다.

자신도 이런 배포가 있었다면…….

고개를 절레절레 흔든 서풍은 문을 열고 대기실을 나섰다.

대기실에는 잠에 빠진 담운 혼자 남게 되었다.

와아아!

들끓는 함성.

연무장 위에는 삼품무사 넷이 자리를 잡고 있었다.

아직 어린 서풍이 비무대 위에 오르자 관중들은 마른침을 꿀꺽 삼켰다.

"너무 어린 거 아냐?"

"이봐, 그래도 삼품무사라고. 저 아이도 사품무사 넷을 꺾고 삼품무사가 됐을 거 아냐. 삼품무사는 이제 이류무사의 초입에 들었다는 말인데 너보단 셀 거다."

"그걸 누가 몰라서 물어? 어린애가 고생하는 게 안쓰러워서 그러지. 딱 봐도 내 아들뻘이구만."

"뭐, 그렇긴 하네."

관중들의 웅성거림이 점점 멈춰졌다.

서풍은 눈을 감고 훈련용 단검을 늘어뜨렸다.

바람이 불어와 서풍의 머리카락을 흩트려 놓았다.

"준비됐나?"

끄덕.

서풍은 대답 대신 고개를 끄덕였다.

"그럼 비무를 시작하라!"

외침이 끝남과 동시에 서풍이 눈을 떴다.

삼품무사들도 동시에 서풍을 포위했다.

서풍은 가슴이 터져 나가는 것 같았다.

긴장하지 말자고 크게 마음먹었는데, 긴장을 풀려 하면 할수록 더욱 심하게 가슴이 두근거렸다.

손에 쥔 목검이 따로 노는 느낌이 들었다. 손바닥의 땀 때문이다. 목검을 놓칠까 봐 걱정도 들었다.

순간, 문득 담운이 했던 말이 떠올랐다.

모든 것은 마음먹기에 달렸다는 말이 떠오른 것이다.

서풍은 폐부가 찢어질 만큼 크게 숨을 들이마셨다가 가슴 시원할 정도로 내뱉었다.

덕분에 정신이 맑아졌다.

스윽.

검을 가슴께로 끌어올린 서풍은 무사 넷 중 하나에게 시선을 주었다.

담운의 가르침대로 힘주어 노려보자 왜인지 모르지만 자신감이 솟구쳤다.

"차아앗!"

누구 할 것 없이 무사들은 동시에 서풍에게 달려들었다.

서풍은 자신이 눈길을 주었던 무사의 품으로 파고들었다.

따다닥!

검과 검이 마주치자 손아귀가 저릿해졌다.

그렇다고 넋 놓고 있을 수만은 없었다.

나머지 무사들의 검이 서풍의 몸으로 쏟아졌다.

서풍은 다급하게 한 바퀴 회전하며 빈틈으로 몸을 날렸다. 무사들의 검이 허망하게 비무대를 후려쳤다.

서풍은 몸을 숙이고 검을 이용해 무사의 하체를 쓸었다.

퍽!

뼈가 부러지는 느낌과 함께 삼품무사 하나가 주저앉았다.

서풍의 공격은 끝이 아니었다.

회전하며 검을 휘두른 서풍은 곧이어 중단으로 회전력을
이용한 발차기를 날렸다.

순식간에 이뤄진 공격이었다.

빠악!

발등이 아팠다.

사람의 머리를 걷어챘으니 당연한 일이었다.

관자놀이에 발차기가 적중당한 삼품무사의 몸이 허물어졌
다.

급소를 맞았으니 쉽게 깨어나진 못할 터였다.

삼품무사 셋은 쉽사리 공격하지 못하고 포위망만 구축했
다.

"허억허억……."

덕분에 쉴 틈이 생긴 서풍은 거친 호흡을 가다듬었다.

"삼품무사라지만 어린 나이라 손속에 사정을 봐줬거늘."

"이젠 봐주지 않을 걸세."

쓰러진 무사는 방해되지 않기 위해 들것을 이용해 무대에
서 내려보냈다.

고작 그거 움직였는데 손발이 무거웠다.

내공을 이용하여 회복하려 했지만, 시간은 서풍의 편이 아
니었다.

깔보던 마음이 사라진 무사들은 차륜전(車輪戰)을 택했다.

두 명이 공격하고 하나가 쉰다. 지친 하나가 빠지고 쉬던

하나가 투입된다. 전면에 나선 둘 중 한 명은 수비를 하고 한 명은 공격을 한다.

오래된 승급 시험 비무 중 가장 승률이 높고 효과적인 싸움법이다.

서풍은 점점 힘이 빠져감을 느꼈다.

검이 마주칠 때마다 손아귀가 아파왔다. 이번에 손바닥이 흥건한 것은 땀 때문이 아니다. 피다.

서풍은 공수를 겸해야 하는데 무사들은 그렇지 않았다. 서로 공격과 수비를 분담하여 상대했다.

딱!

서풍의 목검과 무사의 목검이 마주쳤다.

"크윽!"

서풍은 검을 쥐지 못했다.

그의 손아귀는 선혈이 낭자했다.

서풍의 검이 핑그르르 하늘을 날아 비무대 구석에 떨어졌다.

무사의 목검 끝은 서풍의 목젖에 닿아 있었다.

"서풍, 패!"

심사관의 내공 섞인 외침에 서풍은 무릎을 꿇었다.

결국 이번에도 낙방했다.

삼품무사는 셋이나 멀쩡했다.

그나마 예전과는 달리 무사 한 명을 쓰러뜨렸다는 것은 작으나마 위안이 되었다.

삼품무사들은 서풍이 어려 손속에 사정을 뒀기에 망정이지, 상대가 성인 무사였다면 어디 한군데 부러뜨렸으리라.

"이봐, 서풍. 그래도 하나 쓰러뜨렸잖아. 힘내."

서풍과 싸우던 한 무사가 토닥여 주고 비무대를 내려갔다.

부스스 자리에서 일어난 서풍도 힘없이 비무대를 떠났다.

"다음은 오품무사 담운!"

와아아!

함성이 연무장을 쩌렁쩌렁 울리게 했다.

어린 나이의 서풍이 의외의 실력을 보였으니 당연한 일이었다.

이제 남은 것은 담운뿐.

함성은 계속해서 이어지는데 담운의 모습은 보이지 않았다.

끝을 모르고 이어져 가던 함성이 점점 잦아들어 갔다.

사람의 피를 들끓게 하던 함성이 수군거림으로 바뀐 것은 그야말로 순식간이었다.

비무대 위에 미리 올라와 있던 오품무사 넷의 얼굴이 일그러지기 시작했다.

"이놈 도망간 거 아냐?"

“하긴 그런 일도 비일비재했지.”

“에이, 마지막에 이게 뭐람. 가세. 오늘 비무는 이게 끝인 거 같으이.”

사람들이 하나둘 일어서기 시작했다.

아무것도 모르고 꿈나라에 빠져 있던 담운이 눈을 떴다.

“하아암…….”

길게 기지개를 켠 다음 눈을 끔벅거리며 주위를 두리번거렸다. 주위에는 아무도 없다.

담운은 뒤통수를 긁적거리며 투덜거렸다.

“뭐야? 나만 놔두고 다 간 거야?”

입맛을 쩝쩝 다신 담운은 자리에서 일어섰다.

때마침 문이 열리며 심사관이 들이닥쳤다.

“자네, 뭐하는 겐가!”

“내가 뭘?”

담운이 고개를 갸웃거리며 되물었다.

심사관은 미간을 찌푸리더니 담운을 재촉했다.

“자네 차례일세. 얼른 나오게!”

“그래? 다행히 끝나지는 않았나 보구만.”

히죽 웃은 담운은 심사관을 따라 대기실을 나섰다.

담운은 느릿느릿 비무대 위에 등장했다.

일어났던 사람들은 담운이 나타나자 엉거주춤 다시 자리
에 앉았다.

비무대 위에 올라온 담운이 길게 하품했다.

"하암! 기다리다 지루해 죽는 줄 알았네."

올라오자마자 던진 한마디에 오품무사들이 발끈했다.

"이런 건방진! 몸 성히 돌아갈 생각은 버리는 게 좋을 거
다."

담운은 어깨를 으쓱했다.

"내 몸 걱정은 안 해줘도 괜찮아."

"초면에 어디서 반말이야!"

"반말? 울 사부님들이 그러시더군. 내가 존대를 하면 상대
방과 사부님들의 항렬이 같아지니까 죽어도 존대하지 말라
고. 꼬우면 울 사부들한테 가서 따지든지."

배를 벅벅 긁으며 하는 담운의 말에 무사들 얼굴이 붉으락
푸르락 변해갔다.

"준비됐나?"

심사관의 물음에 담운은 따분한 표정으로 대충 대꾸했
다.

"그냥 외당주하고 비무하면 안 되나? 귀찮게스리."

담운의 말에 무사 하나가 코웃음을 쳤다.

"외당주님과? 그전에 우리부터 꺾어야 할 게다!"

이미 독이 오른 오품무사들이 자세를 낮췄다.

"담운, 준비되었는지 물었네."

"뜻이 그러하다면 말릴 필요는 없겠지. 준비됐으니 시작해도 괜찮아."

심사관도 계속되는 반말에 배알이 꼴렸지만 손은 나중에 봐주기로 마음먹었다.

"비무를 시작하라!"

심사관의 허락이 떨어지자 야수로 변한 오품무사 넷이 동시에 달려들었다.

그야말로 젖 먹던 힘까지 뽑아내 달려들건만, 담운의 눈에는 느릿느릿하게 보일 뿐이었다.

"정말 지루하다니까."

혀를 끌끌 찬 담운의 손이 번개처럼 움직였다.

짜자자작!

얼굴 한쪽을 빨갛게 물들인 무사 넷은 동시에 비무대 아래로 떨어져 버렸다.

쿠쿠쿵!

넷이 한 번에 나가떨어지는 모습에 관중들의 입이 쩍 벌어졌다.

"뭐, 뭐지? 무슨 사술을 쓴 거지?"

"사술? 저 무사들 얼굴 봐. 따귀를 맞은 것 같은데? 소리도 그랬잖아?"

"뭐가 보여야 알지. 번쩍하니 애들이 나가떨어지던데?"

“허허. 내 살다 살다 이런 구경은 처음이구만.”

관중들의 수군거림이 점점 커져 갔다.

비무를 관람하던 심사관의 입도 관중과 다를 바 없었다.

오품무사로 예상했던 담운의 실력이 예상외로 강했던 탓
이다.

나중에 손봐주려고 했건만 그랬다간 오히려 자신이 당할
판이다.

담운은 찜찜한 얼굴로 고개를 좌우로 꺾었다.

외당주가 되려면 자신의 실력을 어느 정도 보여줄 필요성
이 있었다. 그래도 힘 조절을 어느 정도 했기에 망정이지, 힘
조절을 안 했다면 바닥에 쓰러진 무사들은 병풍 뒤에서 향냄
새를 맡아야 될 처지에 놓였을지도 모를 일이었다.

“내가 이겼지?”

침이 흐르는 것도 모르고 멍하니 있던 심사관은 담운의 말
에 정신을 차렸다.

“다…… 담운 승!”

와아아아!

여섯 번에 걸친 비무 중 가장 큰 함성이 터져 나왔다.

담운은 어깨를 으쓱해 보임으로써 함성에 답했다.

심사관이 비무대 위로 올라와 담운에게 물었다.

“삼품무사 승급 시험을 보겠나?”

“그냥 외당주와 싸우게 해달라니까?”

“그런 법은 없네. 외당주님은 내 권한 밖일세. 게다가 승급은 한 단계 한 단계 밟고 올라가는 것이 무림맹의 법도일세.”

“하아, 정말 귀찮은 법도군. 그럼 이렇게 하는 건 어때?”

“어떻게 말인가?”

“귀찮으니까 애들 다 올라오라 그래.”

“정말인가?”

“그건 되나 보구만?”

“그 정도 해줄 자리는 된다네. 그럼 그렇게 해도 되겠는가?”

심사관의 되물음에 담운은 심드렁한 얼굴로 고개를 끄덕였다.

사자가 토끼 떼를 무서워할까?

아마도 아닐 게다.

심사관은 비무대를 내려가자마자 비무를 주관하는 내당무사에게로 갔다.

그에게 상황을 보고하고 허락을 구한 다음 비무를 하기 위해 대기하고 있던 무사들에게로 갔다.

약간의 시간이 흐르자 비무대 위로 무사 열세 명이 우르르 올라왔다.

그들은 하나같이 얼굴이 벌겋게 달아올라 있었다.

아마도 심사관이 어떤 언질을 준 듯했다.

"네놈이 감히 우리를 능멸하려 들어?"

"기어서 비무대를 내려가게 해주마."

무사들이 이를 갈며 으르렁거렸다.

관중들은 영문을 모르고 우왕좌왕했다.

"담운 사품무사가 승급 시험을 월반하기 위하여 한 번에 무사들에게 도전장을 냈소이다."

심사관은 목소리에 내공을 실어 관중에게 알렸다. 설명을 들은 관중들은 고개를 끄덕였다.

그리고는 기대감을 감추지 못하고 비무대 위로 시선을 돌렸다.

언제 이런 구경을 해보겠나.

열셋과 하나의 싸움.

사품무사 네 명, 삼품무사 네 명, 이품무사 네 명과 일품무사까지 모두 열세 명이 한 번에 비무대 위에 올라온 것이다.

이런 식의 비무는 이때껏 한 적이 없다. 하지만 심사관은 담운에게 본때를 보여주기 위하여 모든 무사를 올려 보낸 것이다.

그야말로 손에 땀을 쥐게 만드는 광경이 아닐 수 없었다.

연무장은 바늘 하나 떨어지는 소리까지 들릴 정도로 조용해졌다.

무사들은 모두 목검을 들고 있었다.

자신의 손을 내려다본 담운이 무사들을 향해 물었다.

"근데 난 왜 목검 안 줘? 맨손으로 무기를 든 열세 명과 싸우라고? 너무하는 거 아냐? 무림맹의 법도가 그런가?"

"무기가 필요하면…… 알아서 가져갓!"

무사 하나가 달려들자 나머지 열둘도 우르르 달려들었다.

"그래? 그럼 빼앗아 쓰지, 뭐."

담운의 몸이 무사들에게로 육박해 갔다.

사삭.

일수에 무사의 검을 뺏고,

따다다닥!

이어진 한 번의 움직임에 나머지 모든 무사의 무기가 담운의 목검에 달라붙었다.

"이, 이게 뭐야!"

"감히 사술을 쓰는 게냐!"

무사들은 황당함을 금치 못했다.

"사술? 그런 거 있으면 내가 이런 고생을 하겠어? 나도 좀 배웠으면 좋겠네."

"이이익!"

얼굴이 시뻘게지도록 용을 써봤지만 담운의 목검에 달라붙은 무기는 떨어지지 않았다.

무기를 뺏긴 무사는 자신의 손을 내려다보며 어이없이 황망히 서 있을 뿐이었다.

상대방이 어떻게 손을 쓰는지 보지도 못했다.

분명 목검을 휘둘렀는데 손이 가벼워지는 느낌과 함께 자신의 무기는 상대방의 손에 들려 있었다.

"이게 도대체 어떻게 된 노릇이지?"

얼빠진 그의 말에 얼굴이 벌게진 무사가 외쳤다.

"뭐하십니까! 얼른 이놈을 공격하셔야죠!"

옴짝달싹 못하는 동료의 외침에 정신을 수습한 무사는 담운에게 쇄도했다.

다행히 무기를 빼앗긴 무사는 일품무사였다.

그는 자신이 아는 최고의 무공을 펼쳐 보였다.

목표가 된 담운은 그저 슬쩍슬쩍 움직이며 일품무사의 권장(拳掌)을 피해낼 뿐이었다.

그럼에도 불구하고 달라붙은 목검은 떨어질 줄 몰랐다.

"이, 이건 분명 사술이다!"

도무지 달라붙은 목검이 떨어지지 않자 분노에 찬 무사가 외쳤다.

담운은 피식 웃었다.

"사술 같은 소리 하네. 이게 바로 이화접목이라는 고등 수법이다. 돌아가지도 않는 머리에 꼭꼭 박아서 외워둬."

말을 마친 담운의 손이 까딱 움직였다.

따다다닥!

콩 볶는 소리와 함께 목검이 하늘을 날아 바닥에 떨어졌다.

무사들의 손아귀는 찢어져 피가 흐르고 있었다.

그야말로 장관이 아닐 수 없었다.

행동을 마친 담운은 목검으로 비무대를 찍었다.

푹!

돌로 만들어진 비무대가 두부가 된 것처럼 담운의 목검은 손잡이만 남고 비무대에 박혀 버렸다.

꿀꺽.

일품무사의 목울대가 움찔거렸다.

일품무사는 일류에서 절정으로 향할 정도는 돼야 올라설 수 있는 자리다.

만약 자신에게 담운처럼 돌로 만들어진 비무대에 목검을 박아보라고 한다면 절대 자신없다.

담운이 펼쳐 보인 한 수로 보아 절정 이상의 경지에 오른 것이 틀림없었다.

일류와 절정무사의 차이는 하늘과 땅.

아무리 용을 써도 담운을 이길 수 없어 보였다.

한 번에 승급에 필요한 무사 모두를 올려 보내라 했던 담운의 자신감이 자만이 아니라는 것을 깨닫는 데는 오래 걸리지도 않았다.

"저, 졌소."

일품무사의 말이 떨어지자마자 관중들이 폭발했다.

우와아!

함성이 쩌렁쩌렁 울리고, 심사관의 내공 섞인 음성이 함성을 뚫고 울려 퍼졌다.

"다, 담운 승!"

사품무사에서 한 번에 일품무사가 되어버린 담운이었다.

무사들이 얼빠진 얼굴로 자신의 목검을 주워 들고 비무대를 내려가자 심사관이 올라왔다.

비무를 하기 전과는 달리 심사관의 얼굴에는 함박웃음이 담겨 있었다.

담운에게 잘 보이기 위함인지 눈동자는 교활하게 움직이고 있었다.

"일품무사가 됐음을 감축합니다."

어느새 그의 말투도 존대로 바뀌어 있었다.

"이 정도의 쉬운 일에 칭찬받을 정도는 아냐. 외당주와는 언제 싸우지? 지금 당장 싸우나?"

"외당주님이 그리 한가한 사람은 아닙니다. 일정을 조정하여 통보해 드리도록 하겠습니다."

"빠르면 빠를수록 좋아. 나도 한가한 사람은 아니거든."

당장 싸우는 일은 없었으므로 담운은 비무대에서 사라졌다.

그가 사라졌음에도 관중들의 흥분은 가라앉지 않고 있었다.

창문객잔은 승급 심사가 끝나자 그야말로 인산인해를 이뤘다.

단 한 번에 일품무사가 되어버린 담운을 만나기 위해 사람들이 몰려들었던 탓이다.

담운이 창문객잔에 있는 것을 어떻게 알았는지 궁금할 정도였다.

오백을 헤아리는 외당 소속 무사들 중 일품무사는 단 둘뿐이다.

담운이 일품무사에 합격하여 이제는 세 명이 된 것이다.

오 년 가까이나 오르지 못했던 일품무사의 자리에, 그것도 열세 명의 무사와 싸워 담운이 이겼으니 사람들이 몰리는 것도 어찌 보면 당연한 일이었다.

담운의 방에는 그를 아는 사람들만 몰려 있었다.

담운이 방에 들어서자 토룡이 반기며 물었다.

"혀, 형님, 장난 아니게 강하던데요? 절정에 오르셨소?"

매옥향과 소접은 당연하다는 얼굴이었다.

매옥향이 코웃음을 섞어가며 한마디 던졌다.

"우리 공격을 막아낼 때 난 알아봤지. 울 아버지도 절정에 오르셨거든. 울 아버지와 싸우는 기분이라 금방 눈치챘다고."

정작 가장 중요한 인물인 담운은 들뜨지도 않고 흥분하지도 않았다.

"넌 코흘리개들 돈 뺏으면 자랑스럽냐?"

"그럴 리가 있겠습니까."

"내 지금 기분이 그래. 이건 뭐 기대했던 내가 바보가 된 기분이니."

담운의 말에 매옥향이 발끈했다.

"이봐요! 당신이 잘났는지 어떤지는 모르겠는데, 외당하고 내당은 하늘과 땅 차이라고요! 내당무사는 최하가 외당의 일품무사라는 거 알라나 모르겠네."

"그런 애들이 무려 이백을 넘는다 이거네?"

"물론이죠. 우리 아버지도 내당 소속이라 내가 잘 알죠."

마치 자신의 일이라도 되는 양 가슴을 내밀며 으스대는 매옥향이었다.

아무리 강력한 고수라도 수백의 무사들이 달려들면 내공이 고갈되는 것은 당연한 일이다.

무림인들이 아무리 강력하다 해도 관에 대항하지 못하는 이유도 그것과 같다.

백만에 이르는 대군을 무슨 수로 막아낼 것인가.

무림맹은 정파의 상징이다.

혈족이나 사승 관계로 이뤄진 내당을 건드리면 후폭풍은 엄청나다. 그들을 건드리면 당연히 복수를 할 테고, 구파일방과 오대세가를 포함한 거대 세가들을 아우르면 정파 모든 무림인과 싸워야 된다는 뜻이다.

어쨌든 지금은 외당을 접수하고 무림맹에 불만을 가진 낭인들을 포섭한 다음 그들을 훈련시키는 수밖에 없었다.

전소갈의 말대로 상왕이 무림맹에 돌아오는 것이 올해 말이라면 이제 일곱 달 정도 남아 있을 뿐이다.

              *   *   *

무림맹 내당의 심처.

청수하게 생긴 중년인은 아침 일찍 차를 마시는 습관을 가지고 있다.

이 시간만은 어느 누구에게도 방해받지 않는다.

상대가 무림맹주라도 말이다.

그런 그가 오늘만은 달랐다.

"어제 외당 품계 심사에서 있었던 일인가?"

"그렇습니다, 군사."

"호오, 절정의 기량을 지닌 낭인이란 말인가? 그가 사용하는 무공은 어떤 것이었나?"

"그것이…… 단 한 차례의 장법과 적수공권, 그리고 이화접목뿐이었습니다."

찻잔을 내려놓은 무림맹의 군사 제갈남호는 고개를 끄덕였다.

"그렇겠지. 절정에 오른 무인이 외당의 낭인들을 상대하기란 어린아이 손목 비트는 것만큼 쉬운 일이었겠지. 나라도 무공 사용은 자제했을 걸세."

"사람을 붙여 알아봅니까?"

"괜한 의심을 사서 좋을 일은 없네. 일단 그의 뒤부터 캐보게. 그의 행적부터 알아보고 그 연후에 사람을 붙이도록 하게."

"명을 받듭니다."

사내가 나가자 제갈남호는 다시 찻잔을 들었다.

무림맹 소속의 고수는 많으면 많을수록 좋다.

지금처럼 겉으로 평화를 유지하고 있는 무림의 상황에서는 더더욱.

하지만 뛰어난 실력의 소유자가 낭인이라면 이야기는 달라진다.

내당 소속의 혈족들과는 달리 낭인들은 언제 적으로 돌아설지 알 수 없기 때문이다.

더 좋은 조건을 제시하면 철새처럼 몸을 옮기는 것이 낭인들의 습성이다. 그랬기에 무공을 가르치지 않았다.

무림맹의 주력은 외당이 아니라 내당이다.

제갈남호는 유유자적하게 차를 마시며 아침을 보냈다.

그의 평화로운 외면과는 달리 머릿속은 맹렬하게 회전하고 있었다.

                    *   *   *

　광의와 함께 산에 오른 남궁철우는 비지땀을 흘리는 중이
었다.

　담운의 곁을 떠나 산을 오르는 것만 한나절이었다.

　광의는 결코 남궁철우가 편하게 산을 오르게 두지 않았
다.

　만두를 쥠과 동시에 주먹을 쥘 수 있게 되었으니 이번에는
좀 더 단단한 사과를 주었다.

　가는 길에 배가 고프니 먹으라고 준 것은 절대 아니다.

　산을 오르며 사과를 깨는 것이 남궁철우의 두 번째 목표였
다.

　땀이 쉴 새 없이 흘러내렸다.

　산을 오르던 광의는 가만히 암염(巖鹽)을 내밀었다.

　"목이 타거들랑 조금씩 핥아 먹거라."

　탈진을 면하기 위해 소금으로 만들어진 돌을 핥아가며
산에 오른 남궁철우는 온몸에 납을 매달아놓은 기분이었
다.

　해냈다는 느낌보다는 쉬고 싶다는 생각이 간절했다.

　배가 고팠지만 지금은 밥보다 쉬는 게 우선이었다.

　서 있을 기운마저 없는 남궁철우는 주저앉았다. 양팔을 뒤

로 뻗어 몸을 지탱하고 한동안 앉아 있던 그는 서산으로 넘어가는 해를 보며 조용히 물었다.

"어르신, 정말 칠 일이면 됩니까?"

항상 지금 같다면 한 달도 턱없이 부족할 것 같았다.

남궁철우의 물음에 광의가 펄펄 뛰었다.

"나, 광의다, 이놈아. 내가 칠 일이라면 칠 일이고 평생이라면 평생이다. 네깟 놈쯤은 칠 일이면 족하다는 게 내 결론이니라."

씩 웃어 보인 남궁철우는 벌렁 드러누웠다.

몸을 지탱한 팔이 후들거려 도저히 버틸 수 없었던 탓이다.

남궁철우는 물끄러미 하늘을 올려다보았다.

하나둘 별들이 깨어나고, 반달이 어둠을 밝혀주기 위해 떠올랐다.

까맣게 물들어가는 하늘에 죽은 아내의 얼굴이 떠올랐다.

괜히 분위기에 젖어버린 남궁철우가 젖은 목소리로 감사의 인사를 전했다.

"고맙습니다, 어르신."

"크험험! 이놈이 미쳤나! 네깟 놈의 감사 인사 따위는 고맙지도 않으니 닥치고 잠이나 자거라! 에잉, 고얀 놈."

몸만 달랑 왔으니 침구 따위는 없었다. 그나마 있는 낙엽을 긁어모아야 할 남궁철우는 이미 뻗어버렸다.

밤하늘을 이불 삼아, 땅을 베게 삼아 잠드는 수밖에 없다.

남궁철우는 산을 오르는 일이 고단했던지 불편한 잠자리
에도 불구하고 금방 코를 골며 잠에 빠졌다.

광의는 남궁철우의 손목을 잡고 맥을 살폈다.

정심함을 우선으로 삼는 정파 출신이라 그런지 남궁철우
의 맥은 한나절 내내 무리했음에도 불구하고 어느새 일정하
게 뛰고 있었다.

아무리 단전이 파괴되었다 하더라도 해왔던 수련이 어디
가는 것은 아니었다.

광의는 고개를 끄덕이더니 품속에서 침을 꺼내 들었다.

놀란 근육을 진정시켜 주기 위해 침은 필수다.

침 자리를 손으로 더듬던 광의는 실눈을 뜨며 투덜거렸다.

"이거 늙으니 눈이 침침하구먼."

잘 보이지도 않아 침을 놓지 못한 광의는 품속에서 대나무
로 만들어진 술통을 꺼냈다.

꿀꺽꿀꺽 시원하게 술을 마신 광의는 풀어진 눈으로 다시
침을 들었다.

"허허, 역시 술이 만병통치약이로다! 이제 좀 잘 보이는구
먼."

껄껄 웃은 광의는 남궁철우의 몸 구석구석에 침을 놓았
다.

일정 시간이 지난 후 침을 회수한 광의는 환부에 약을 발라
주고 잠을 청하기 위해 바닥에 누웠다.

아직 여름이 오지 않아 바닥의 냉기가 올라오고 있었다.

광의는 몸을 부르르 떨더니 결국 잠을 이루지 못하고 벌떡 일어났다.

나이가 들다 보니 냉기에 뼈마디가 시큰거렸다.

"에잉, 이놈이 결국 늙은이를 부려먹네그려."

광의는 투덜거리며 주위를 돌아다녔다.

잠시 후, 광의는 낙엽을 잔뜩 모아와 자신과 남궁철우의 잠자리를 손질했다.

일련의 행동을 마치고 나니 잠은 멀리 달아나 버렸다.

광의는 품속에서 대나무 술통을 꺼내 한 모금 더 마셨다.

"크으, 달을 벗 삼아 마시는 술맛은 역시 각별하구나."

드르릉.

분위기에 젖어 절로 시 한 수가 떠오르는 찰나, 남궁철우가 코를 골았다.

"허허, 고놈 참."

헛헛한 웃음을 터뜨린 광의는 남궁철우를 물끄러미 바라보았다.

죽은 듯 자는 남궁철우를 보며 광의는 먼저 간 아들이 떠올랐다.

늦게 본 아들이라 애지중지 길렀다. 죽지 않고 살아만 있었다면 지금 남궁철우의 나이쯤 됐을 게다. 그랬다면 남궁서련과 같은 손녀도 봤을 테고.

사파 소속의 의원이라는 이유만으로 공격을 받아 애꿎은 가족들만 죽게 하고 말았다.

그 후 그는 광의(狂醫)라 불리며 기행을 일삼기 시작했다. 가족을 죽였으니 그대로 되돌려 주기 위함이었다.

치료의 대가는 항상 신체의 일부였다.

자신이 무공을 익히지 못했기에 일단 팔이 됐든 다리가 됐든 하나 끊고 치료를 했던 것이다.

덕분에 무림 공적이 되어 쫓기는 신세가 되었다.

담운의 사부가 아니었다면 이름없는 골짜기에서 시체가 됐을지도 모를 일이다.

아무리 사람들에게 분노를 풀어봐도 슬픔은 잊히지 않았다. 오히려 더욱더 광의의 마음을 갉아먹었다.

지인의 권유로 꼭지가 돌 때까지 술을 마시고 인사불성이 되어보니 그나마 모든 걸 잊을 수 있었다.

아들을 먼저 보내고 슬픔을 잊기 위해 마시기 시작한 술이 이제는 자신을 삼키고 있었다.

술이 없으면 이제 침을 놓지도 못할 정도로 손이 떨렸다. 술에 취하면 그나마 진정되는 이상한 몸이 되었다.

광의는 괜히 울적해져 술을 마셨다.

울적하게 술을 마시는 광의의 옆에서 몸을 뒤척인 남궁철우가 잠꼬대를 했다.

“고맙습니다, 어르신. 고맙습니다…….”

“쯧쯧, 미친놈. 잠꼬대도 지랄 맞구나.”

겉으로는 욕설을 내뱉지만 감사 인사에 광의의 마음 한편은 따뜻해졌다.

계속 칩거하고 있었다면 이런 느낌은 받을 수 없었을 터.

“끌끌. 은거를 깨고 나온 것이 썩 나쁘지만은 않구먼.”

남궁철우를 내려다보던 광의는 자신의 겉옷을 벗어 덮어 주었다.

第八章

광견(狂犬) 철산호

창문객잔은 때아닌 문전성시에 기쁨의 비명을 질렀다.

연무장에 승급 심사를 구경하러 왔던 외지인들이 모두 창문객잔에 머물렀기 때문이다.

숙박을 하면 음식은 당연하고 술은 필수다.

밤을 꼴딱 지새우며 술을 나누고, 담운의 무용담에 침을 튀겨가며 열광했다.

소문의 주인공인 담운은 그들이 귀찮을 따름이었다.

"아직도 안 갔나?"

"누구요? 저요?"

자신의 가슴팍을 가리킨 토룡은 눈을 동그랗게 뜨며 되물었다.

담운은 한숨을 내쉬었다.

창문객잔에 몰려 있는 사람들이 있는지 물은 것인데 토룡은 이야기의 요점을 잡지 못한 눈치였다.

어떤 조직이 기름을 칠한 수레처럼 굴러가려면 똑똑한 놈이 있어야 된다고 큰사부가 그랬다.

그래서 물었다.

똑똑한 놈을 어떻게 구하느냐고.

큰사부에게 물었는데 옆에 있던 꼽추사부가 냉큼 대답해 주었다.

“잡아서 끌고 와. 안 따라오면 개 패듯 패면 돼. 그럼 알아서 말 들어.”

똑똑하지도 못하거늘 꼽추사부는 그날 큰사부에게 개 맞듯 맞았다.

문파의 수장이었다는 큰사부는 아는 것도 많았다.

사람을 다루는 법도 모두 큰사부에게 배운 것이다.

글을 비롯한 인생 전반의 모든 것을 큰사부에게 배웠다. 귀동냥으로 인생사를 배운 것이다.

거기다 다섯 사부 중 큰사부가 가장 강하기도 했다.

다른 네 명의 사부는 큰사부에게 감히 덤비지 못했다. 은연중 눈치를 보고 있다는 말이 맞을 것이다.

큰사부는 나머지 네 명의 사부를 막 대하지 않고 존중해 주었다. 그랬기에 성격이 다른 그들이 마찰없이 지낼 수 있었던 건지도 모른다.

문제는 꼽추사부가 담운의 성격 전반에 영향을 미쳤다는 것이다.

가장 가까이서 친아들, 손자처럼 대해준 것은 꼽추사부였다. 그랬기에 꼽추사부의 성격을 빼다 닮을 수밖에 없었다.

담운은 턱을 괴고 중얼거렸다.

"아무리 생각해도 똑똑한 놈이 필요해."

"똑똑한 놈요? 형님, 형님이 저에 관해서 잘 모르시나 본데 제가 얼마나 똑똑한지 아세요? 저 이래 봬도 하오문 최고의 기재라고 소문이 자자해요."

쫑알쫑알 자기 자랑을 늘어놓는 토룡을 바라보며 담운은 머리가 아파옴을 느꼈다.

머리는 좋을지 모르나 눈치가 없다.

"자랑 그만하고 가서 밥이나 가져와."

"네? 안 내려가시고요?"

"너 같으면 가겠냐? 무슨 동물원의 원숭이도 아니고 가서 구경거리라도 되란 말이냐?"

"아차. 맞다."

토룡도 이미 알고 있었다.

창문객잔이 발 디딜 틈 없이 사람으로 가득 찬 것을.

"내 금방 다녀올게요."

토룡이 떠나고 나서도 담운의 고민은 계속되었다.

고민의 주제는 머리 좋은 놈을 어디서 구하느냐였다.

담운의 식사가 끝나자 전소갈이 찾아왔다.

"헤헤, 식사는 입에 맞으셨습니까?"

전소갈의 아부성 짙은 발언에 담운은 눈살을 찌푸렸다.

"뭐 잘못 먹었나?"

"어이쿠, 아닙니다. 다름이 아니라……."

쉽게 말을 꺼내지 못하는 것으로 보아 아마도 뭔가 부탁할 것이 있는 것 같은 눈치다.

담운은 전소갈의 내심을 눈치채고는 고개를 끄덕였다.

"우리 사이에 그냥 편하게 말해."

"험험. 분부대로 하지요. 이제 일품무사의 직에 오르셨으니 대장이라 불리실 겁니다. 현재 일품무사는 담 대장님을 포함하여 세 명이 있습니다. 무림맹의 외당 소속의 무사가 칠백을 넘는 것을 감안하면 제법 큰 권력을 쥐게 되었다고 볼 수 있습니다."

전소갈의 이야기가 이어지자 담운은 미간을 찌푸리며 고개를 저었다.

"사설이 뭐 이리 길어? 그냥 대충 끊고 부탁하고 싶은 거나 말해봐."

전소갈은 마른침을 꿀꺽 삼키고 입을 열었다.

“일품무사가 되면 할 일이 있습니다. 내당에서 임무를 받고, 자신의 밑에 있는 낭인들을 부려야 합니다.”

“정말? 이거 귀찮게 됐네. 빨리 외당주가 되든지 해야지, 원.”

담운이 투덜거리자 전소갈은 자신의 마음에 담아뒀던 말을 꺼냈다.

“대장님 밑으로 저를 배정해 주십시오. 제가 담 대장님을 대신하여 업무를 수행하겠습니다.”

담운으로서는 꽤나 괜찮은 제안이었다.

“그게 뭐가 어렵다고. 그렇게 해.”

“정말입니까?”

전소갈의 되물음에 담운은 흔쾌히 고개를 끄덕였다.

“그게 뭐 어려운 일이라고.”

“헤헤, 그럼 그렇게 알고 나가보겠습니다. 담 대장님은 외당에 관해 잘 모르실 테니 외당주가 되기 전까지 제가 알아서 일을 처리합지요.”

전소갈의 얼굴에 미소가 피었다.

담운은 그의 미소가 왠지 모르게 찝찝했다.

“무슨 수작을 꾸미려고?”

“아이고, 수작이라니요. 다 누이 좋고 매부 좋은 일입니다. 헤헤.”

전소갈이 밖으로 나간 후 한 식경 동안 빈둥거리던 담운은 분노했다.

밥을 받아먹고 배가 부르자 자신이 갇혔다는 사실을 깨달은 것이다. 지금의 상황이 딱 금마옥과 같았다.

맛있는 음식과 편한 잠자리가 있다는 것만 빼면 말이다.

"감히 내 이십 년 치 분량을 못 채우게 방해를 해?"

사실 항상 먹던 분량을 채우지 못한 것이 가장 컸다.

금마옥을 탈출했더니 이제는 창문객잔이라는 감옥에 갇히게 생겼다.

"내가 이십 년 동안 갇힌 것도 모자라 이곳에 갇혀 있어야 된다고? 그럴 순 없지."

창문객잔을 빠져나가기로 결정했다.

한곳에 갇혀 있는 것은 지난 이십 년 동안 충분히 했기 때문에 사양이었다.

갇혀 있는 것도 싫고 구경거리가 되는 것도 싫다.

아무 상관도 없는 무고한 사람들을 내쫓는다는 것도 내키지 않았으니 그냥 자신이 피하기로 마음먹었다.

결정을 했으니 실행에 옮겨야 할 터.

스스스스…….

담운의 신형이 마치 신기루처럼 사라졌다.

가군자사부의 은잠술(隱潛術)이 발동된 것이다.

가군자사부는 무공은 약했으나 사술(邪術)에 관해서는 일가견이 있었다.

드르륵.

누가 만진 것도 아닌데 문이 열리고 닫혔다.

은잠술로 몸을 숨긴 담운은 두근거리는 가슴을 안고 식당 쪽으로 발을 옮겼다.

그냥 간단하게 객잔의 담을 넘어도 되지만 자신의 모습이 보이는지 알아보기 위함이었다.

사람들이 모여 있는 곳을 지나쳐 보았지만 그 누구도 담운을 알아보지 못했다.

뭐가 보여야 알아볼 것이 아닌가.

담운은 흡족한 웃음을 짓고 객잔을 떠났다.

"가군자사부님의 잡기가 이렇게 도움이 될 줄은 몰랐네. 쓸데없는 기술만 있는 줄 알았더니."

으슥한 곳에 몸을 숨긴 담운은 아무렇게나 바닥에 주저앉았다.

고작 반나절 갇혀 있던 감옥 같은 방을 탈출하니 몸이 날아갈 것 같았다.

이십 년간 갇혀 있을 때는 어떻게 지냈나 생각하니 저절로 몸이 떨려왔다. 만약 다시 금마옥으로 돌아가라고 한다면 자결할지도 모른다.

방을 탈출했지만 이번에 마주하게 된 문제는 갈 곳이 없다는 것이었다.

“이거 참 낭패네.”

객잔으로 다시 돌아가자니 감옥 같아 싫고, 그렇다고 어딜 가보자니 아는 곳이 없다. 거기다 사람들의 구경거리가 될지도 모를 일이다.

남궁철우가 떠난 산이 어디인지 알 수만 있다면 거기라도 가련만, 서찰에는 그냥 산에 간다고만 되어 있었다.

이럴 줄 알았으면 토룡을 끌고 나올 걸 그랬다.

심드렁하게 앉아 시간을 보내던 담운은 누군가가 자신을 보고 있다는 느낌을 받았다.

‘누구지?

인기척이 느껴지는 방향을 바라보니 시선이 거둬졌다.

담운은 피식 웃으며 자리에서 일어났다.

엉덩이에 묻은 흙을 툭툭 털어내며 중얼거렸다.

“지금 시비 거는 거지? 심심하던 차에 잘됐군.”

쉽게 끝낼 생각 따위는 없었다.

무료함을 달래줄 장난감이었기 때문이다.

담운은 느릿느릿 인기척이 느껴졌던 방향으로 걸어갔다.

벽 뒤에 몸을 숨기고 있던 철산호는 두근거리는 가슴을 진정시키지 못하고 있었다.

비무대에서 있었던 일은 자신의 눈으로도 직접 목격했다.

목검으로 돌로 만들어진 비무대를 찍을 때 얼마나 놀랐

던가.

대기실에서 깝죽댔던 자신이 떠올라 죽고 싶을 정도였지 않던가.

방금 전만 해도 철산호는 삼품무사가 됐음을 실감하고 있었다. 오가는 사람들이 알아보고 격려의 말을 아끼지 않았다.

흐뭇하게 대로를 거닐던 철산호는 소피가 마려움을 느꼈다.

부러진 팔과 다리에 부목을 대고 어기적어기적 걷던 철산호는 사람의 눈을 피해 골목으로 뛰어들었다.

허리춤을 까고 시원하게 소피를 보다 하필이면 멍하니 앉은 담운을 발견했다.

대기실에서 시비를 걸었던 기억이 불현듯 떠올라 몸을 숨기려는 찰나 눈이 마주쳤다.

“씨, 씨발. 잡히면 성한 팔다리도 부러지겠는데? 이거 어떻게 하지?”

누던 소피가 뚝 끊어졌다. 소피 생각이 갑자기 사라져 버렸다. 소피 생각은 어느덧 공포로 변해 있었다.

“일단 튀어야겠네. 아오, 씨발. 지지리 복도 없지. 왜 저런 괴물 같은 놈을 여기서 만나서는!”

공포감이 머릿속을 지배하자 어쩔 줄 몰라 하며 담운을 피해 요리조리 숨었다.

고작 삼류를 벗어난 자신이 절정고수의 이목을 속일 수는 없었다.

아무리 피해도 담운은 집요하게 따라붙었다.

철산호의 온몸은 땀으로 흠뻑 젖어갔다.

성하지 않은 몸으로 도망 다니려니 죽을 맛이었다.

이렇게 되면 이판사판이다.

도망치다 힘들어 죽을 바엔 그냥 화끈하게 잡혀서 죽는 게 낫다.

철산호의 인생관은 '인생은 한 방이다' 였다.

"씨발, 한 번 죽지 두 번 죽나. 이 철산호! 걸어오는 싸움은 피하지 않는다 이거야!"

성한 팔로 화통하게 가슴을 쳐가며 철산호가 싸움을 결정한 순간 담운이 나타났다.

"그거 잘 생각했네. 나도 심심하던 참인데 재밌게 놀아보자구."

전의를 다지던 철산호의 얼굴이 하얗게 질려갔다.

담운이 산책하듯 철산호에게 다가왔다.

하얗게 질렸던 철산호의 얼굴은 담운이 가까이 다가옴에 따라 파랗게 변해가고 있었다.

"아, 안녕하십니까, 대, 대협! 조, 좋은 아침이지 말입니다? 하하하!"

대협이니 아침이니 하며 횡설수설하는 철산호를 바라보며 담운은 피식 웃었다.

"넌 지금이 아침으로 보이냐?"

철산호에게 담운의 웃음은 살기등등하게 비쳐지고 있었다.

"대, 대협! 전 부상자입니다!"

철산호는 다급해졌다. 부목을 대고 붕대를 감은 팔다리를 들어 올려 보이며 최대한 불쌍한 표정을 지었다.

"그런데?"

담운이 한 발자국 내디뎠다.

철산호는 비틀거리며 한 발자국 물러났다.

"대협, 전 그냥 소피를 보러 갔다가 대협의 존체를 보았을 뿐입니다! 진짭니다!"

"날 감시한 건 아니고?"

"제가 변탭니까! 저 여자 좋아합니다!"

"누가 뭐래?"

김이 새버린 담운은 골목 어귀에 주저앉았다.

멀쩡한 놈이었다면 드잡이라도 해보련만 상대는 부상자다.

금방이라도 덤빌 것 같던 담운이 김빠진 얼굴로 멀어지자 철산호는 당황스러웠다.

이럴 거면 뭐하러 쫓아왔는가 말이다.

괜히 아픈 팔다리로 힘만 빼게 하고.

"저기…… 대협."

“나 대협 아니다.”

“그럼 소협?”

“뭐, 얼굴이 동안이라 소협 소리를 자주 듣긴 하지만 그럴 나이는 아닐걸?”

“그럼 뭐라고 부릅니까!”

담운은 한숨을 내쉬었다.

“하아, 맘대로 불러. 귀찮으니까.”

“그럼 동생?”

“죽을래?”

“형님이라 부르겠습니다.”

담운의 살기 어린 눈빛에 금방 꼬리를 마는 철산호였다.

쯧 하고 혀를 찬 담운은 하늘을 올려다보았다.

시간은 아직도 미시 무렵.

“시간 더럽게 안 가네.”

하는 일이 없으니 시간이 갈 턱이 있나.

미칠 지경인 것은 철산호도 마찬가지였다.

괜히 소피를 보다 걸려서 오가지도 못하고 끙끙 앓고 있다.

가보겠다고 말하자니 담운의 심기가 심상치 않아 보였고, 계속 있겠다고 하자니 오금이 저렸다.

‘아, 씨발. 오늘 운수 더럽게 꼬이네.’

철산호는 하늘을 원망하며 담운의 앞에 시립하고 있어야 했다.

일각을 절망감에 빠져 서 있던 철산호는 이상함을 느꼈다.

안력을 돋워 살펴보니 담운이 졸고 있는 것이 아닌가.

왜인지는 모르겠지만 배신감이 느껴졌다.

"염병. 지금 내가 뭐하고 자빠져 있는 거야."

철산호는 발뒤꿈치를 들었다. 그리고 그대로 내빼려 했다.

하지만 귀신같은 담운은 철산호가 내빼려 하자 잠에서 깨어났다.

"어디 가냐?"

슬쩍 도망가려던 철산호의 몸이 굳었다.

"귀까지 먹었냐? 어디 가냐니까."

"아, 아무 데도 안 갑니다. 하하하……."

"그럼 됐고. 가면 작별 인사라도 해줄랬지."

철산호는 자신의 입을 쥐어뜯었다.

친하지도 않은 사이인데 뭐하러 눈치를 봤을까 싶었다. 그냥 간다고 했으면 보내줬을지도 모르는데.

입을 쥐어뜯던 철산호는 이제 자신의 머리를 쥐어뜯었다.

이 난국을 타개할 상황이 떠오르지 않았던 탓이다.

머리 나쁘게 낳아주신 부모님이 원망스러웠다.

멍하니 있자니 좀이 쑤신다.

그냥 몇 대 맞고 이곳을 떠나는 편이 나을지도 모른다.

마음을 굳힌 철산호는 조심스레 운을 뗐다.

“저기, 형님.”

“왜?”

“저기…… 그러니까…….”

“생긴 건 산적 같은 놈이 수줍음 병이라도 걸렸냐?”

“무, 무공을 가르쳐 주십쇼!”

철산호는 말하고도 내심 아차 싶었다. 자신도 모르게 본심을 꺼내 버린 것이다.

그냥 ‘이만 가보겠습니다’ 라고 말하려 했거늘.

담운의 눈은 ‘이놈 도대체 뭐야?’ 라고 말하는 듯했다.

아무렴 어떤가.

미친놈 취급받더라도 고수가 될 수만 있다면 얼마든지 그런 취급받아 줄 용의가 있다.

철산호는 이왕 내친걸음, 죽더라도 끝을 보고자 담운에게 매달리기 시작했다.

“그러지 마시고 좀 가르쳐 주십쇼!”

“왜?”

“네? 뭐가 왜인데요?”

담운은 한숨을 내쉬었다.

“하아, 내 주위엔 왜 하나같이 장식품을 어깨 위에 올리고 다니는 놈밖에 없지? 그러니까 내가 왜 너를 가르쳐야 되냐고.”

“물론 형님이 저보다 강하니까요.”

"그게 이유가 된다고 생각하냐?"

"안 될 건 뭐 있습니까? 헤헤."

담운은 고개를 절레절레 저었다.

이유를 따져 봤자 머리만 아플 터.

"그럼 왜 무공을 배우려고 하냐?"

담운의 물음에 철산호는 성한 손으로 가슴을 탕탕 치며 호기롭게 외쳤다.

"세면 좋잖습니까! 인기도 있고!"

"그게 전부냐?"

"네. 저도 고수가 돼서 장가가 볼랍니다."

거짓말을 못하는 성격의 철산호는 자신의 대답이 뿌듯한 눈치였다.

담운은 물끄러미 철산호를 바라보았다.

정의가 어쩌느니 악당을 어쩌느니 하는 입바른 대답을 했다면 그냥 성한 팔다리도 부러뜨리고 떠나려 했다.

하지만 그의 열정은 순수했다.

어찌 보면 단순하지만, 다른 놈들처럼 마음이 검게 물든 것 같지는 않아 보였다.

내심을 숨기고 접근하여 뒤통수치는 사람이 얼마나 많던가.

큰사부는 항상 말했다.

그런 자들을 조심하라고.

철산호의 눈을 들여다보던 담운은 선심 쓰듯 고개를 끄덕였다.

"좋아, 가르쳐 주지."

"네? 정말요?"

"다 낫거든 창문객잔으로 날 찾아와."

"아싸! 이제 나도 사부가 생겼다 이거야! 그런데 형님 사부님, 삼배라도 올려야 되는 거 아닙니까?"

"형님 사부님? 그딴 소리는 도대체 뭐야?"

"형님이라 불러야 되고, 형님이 이제는 사부님이 되셨으니 형님 사부님이죠."

담운은 머리를 쥐었다.

어떻게 하면 이렇게 머리가 꽉 막힐 수 있단 말인가.

담운은 고개를 살래살래 저었다.

"삼배든 뭐든 됐어. 그런 허례허식 따위는 관심없어."

"아무리 그래도…… 이제 사제지간인데……."

"사제지간은 개뿔. 창문객잔이다. 잊어먹지 말고 단단히 기억해 둬."

자리에서 일어난 담운은 몸을 돌려 골목을 빠져나갔다.

뒤에 남은 철산호는 연방 허리를 숙여가며 담운에게 인사를 했다.

"감사합니다, 형님 사부님! 감사합니다!"

인사를 받으며 걸음을 옮기던 담운의 입가에 악동 같은 미소가 떠올랐다.

"상왕을 만나기 전까지 가지고 놀 만한 장난감 하나가 생겼군."

영문도 모르는 철산호는 펄쩍펄쩍 뛰며 기뻐하고 있었다.

푸드득푸드득.

비둘기 한 마리가 무림맹의 내당으로 날아들었다.

전서구를 받은 주인은 제갈남호였다.

제갈남호는 전서구의 발목에 매달린 종잇조각을 풀었다.

종이에는 작은 글자가 적혀 있었다.

종이에는 담운이라는 이름 수십 개가 적혀 있었는데 그중 하나가 눈에 띄었다.

담운.

나이 이십칠 세로 추정.

출생지 불명.

담양현에서 살았던 것으로 사료됨.

사문 불명.

금마옥에서 담당자의 착오로 인해 이십 년 동안 복역.

현재 매옥향이 곁에서 정보를 수집 중.

전서구에게 작은 벌레를 물려주고 몸을 돌렸다.

그곳에는 복면을 한 사내가 한쪽 무릎을 꿇고 있었다.

제갈남호는 복면을 한 사내에게 말했다.

"외당주에게 일러라. 한 달 뒤에 담운과 비무를 하라고. 그리고 최대한 그의 실력을 끌어내도록 하라 일러라. 정 힘들면 폭공단도 허락한다고 전해라."

"존명."

사내가 사라지자 제갈남호는 의자에 몸을 묻었다.

"담운이라……. 정체를 알 수 없는 자군."

제갈남호는 복잡한 심정을 감추지 못하며 들고 있던 종이를 탁자 위에 올렸다.

작은 종이에 적힌 글자를 뚫어져라 바라보던 제갈남호는 양손을 깍지 껴 무릎 위에 올렸다.

"금마옥에서 올해 출옥이라……. 그것도 담당자의 실수로 인한 이십 년……. 금마옥에서 절정의 고수가 되었고. 그렇다면 무엇 때문에 입맹한 것이지? 맹에 복수할 생각이었다면 차라리 사황성에 들어가는 것이 나을 터인데."

제갈남호의 머리가 맹렬하게 회전했다.

아무리 생각해도 이해가 되지 않았다.

고작 낭인들로 정파의 핵이라 할 수 있는 무림맹을 와해시키기란 불가능하다.

순식간에 많은 수의 가정이 그의 머릿속에 맴돌았지만 뾰족하게 짚이는 것은 아무것도 없었다.

금마옥은 마두들이 가둬져 있는 곳이다.

만에 하나라도 그들을 사사했다면 위험한 일이 벌어질지도 모른다.

다행이라면, 금마옥의 간수들이 불호령을 피하기 위하여 담운이 있었던 최하층을 언급하지 않았다는 점이다.

담운이 최하층에 머물렀다는 보고가 올라갔다면, 제갈남호는 여유롭게 생각만 하고 있지는 않고 당장 내당무사들을 이끌고 담운을 치러 갔을 것이다.

담운으로서는 다행스러운 일이 아닐 수 없었다.

제갈남호는 다 식어버린 차를 입가에 가져가며 헝클어진 머릿속을 정리하고 있었다.

第九章

재활훈련

대로를 거닐다 창문객잔에 되돌아온 담운은 사람들에게
둘러싸였다.

허리에 검을 패용한 무림인이 거의 대부분이었고, 젊은 처
자들도 드문드문 섞여 있었다.

그들은 담운과 한마디라도 더 나눠보기 위해 애썼다.

사람들을 피해 다녔더니 오히려 보이지 않음으로 해서 신
비감을 유발시킨 격이었다.

창문객잔이 있는 곳은 낭인들을 비롯한 하층민들이 사는
곳에 있어서 내당무사들이 오지 않는 곳이다.

하층민들 사이에서는 무림맹 무사라는 것만으로도 부러움

을 받는데, 단숨에 일품무사가 된 무사가 있어 선망의 대상이
되고 있었다.

어쩔 수 없이 담운은 그들과 대면하기로 결정하고 모습을
드러냈다. 언제까지 방에만 갇혀 있을 수는 없는 노릇 아닌
가.

객잔의 이층에서 그런 담운을 내려다보던 매옥향은 코웃
음을 쳤다.

"아주 대단한 인기인 나셨네, 인기인 나셨어."

영 못마땅한 내심이 말투에 묻어 나오고 있었다.

옆에서 차를 홀짝이던 소접이 빙그레 웃으며 물었다.

"질투 나세요?"

"질투? 하! 얘가 정말, 내가 질투 같은 걸 할 사람으로 보이
니? 임무만 아니었다면 여기 있지도 않아!"

정보 수집의 대상으로 보고를 하자 자신에게 그 임무가 맡
겨졌다.

배배 꼬인 그녀의 내심이 겉으로 풀풀 풍겨 나왔지만 소접
은 그녀가 질투를 한다고 생각했다.

"아씨가 언제부터 그렇게 가주님 말씀을 잘 들었다고. 그
리고 아씨도 여인이니까 질투할 수도 있지요."

"그럼 내가, 어? 저 거지같은 음적을 마음에 두고 있단 소
리니?"

“아니에요? 누더기 같은 옷 갈아입고 사람이 바뀌었던데. 의외였죠? 아주 훤칠하던데요?”

“아니지! 당연히 아니지! 너는 이때까지 나와 함께 지내놓고선 그걸 몰라?”

“오래 지냈으니 더 잘 알지도 모르죠.”

“말도 안 되는 소리 하지 마!”

단호하게 말을 끝맺은 매옥향은 입을 다물었다. 잠시 생각해 보다 어이가 없었던지 다시 한 번 코웃음을 쳤다.

“내가 어딜 봐서 저런 떨거지 음적하고. 하! 웃겨 정말.”

소접은 어깨를 으쓱하고는 남은 찻물을 홀짝였다.

인파를 물리치고 잔뜩 지친 얼굴로 담운이 다가왔다.

“아, 피곤하다.”

담운은 매옥향의 옆에 털썩 앉았다.

“어머! 어딜 앉아요! 소접이 옆에 앉아요!”

매옥향이 펄쩍 뛰었다.

담운은 의아한 얼굴로 되물었다.

“누구 올 사람 있나?”

“없죠! 아니, 있어요! 내 옆자리는 멋들어진 낭군님의 자리란 말이에요! 얼른 가요!”

소접의 눈은 재미난 장난감을 발견한 아이처럼 반짝반짝 빛나고 있었다.

헤, 하고 웃은 소접이 자신의 옆 의자를 툭툭 쳤다.

“공자님, 이리로 오세요.”

소접의 말에 매옥향이 도끼눈을 떴다.

“어머! 언제 봤다고 공자님이니? 저런 음적에게 공자가 가당키나 하니?”

“그 이야기는 이미 끝난 거 아니었나?”

“끝나긴 뭐가 끝나요?”

단단히 화가 난 매옥향인지라 담운은 어깨를 으쓱해 보이고는 소접의 옆으로 자리를 옮겼다.

“사람들이 잔뜩 몰려들었는데 왜 나오셨어요?”

“계속 방에 틀어박혀 있을 수는 없잖아. 사람들을 돌려보내야 앞으로 운신이 자유로울 테니까. 아주 그냥 머리카락까지 뽑으려 드는 바람에 깜짝 놀랐네.”

“헤에, 그렇긴 하네요. 나라도 갑갑할 테니.”

“내 얼굴 봤으니 이제 소원 성취했다면서 떨어져 나간 사람이 구 할은 넘더군. 참 나, 진작 나와서 얼굴 보여줄 걸 왜 숨어 지냈는지 기가 막힐 노릇이야.”

“그러게요. 웃긴 사람들이네.”

매옥향은 겉으로는 관심없는 척했지만 담운과 소접의 이야기에 귀를 기울이고 있었다.

“난 갇혀 있는 건 딱 질색이거든.”

“왜요?”

“그럴 일이 좀 있어.”

매옥향이 흥 하고 콧바람을 내뿜었다.

"신비로운 척하기는. 속으로는 사람들이 몰려들어 좋으면서."

날 선 그녀의 말에 담운은 영문을 모르겠다는 얼굴로 소접을 바라보았다.

"내가 무슨 실수라도 했나? 낭군 될 사람이 앉을 자리에 앉았다고 화난 건가?"

차를 홀짝이던 소접이 어깨를 으쓱해 보였다.

"이해하세요. 그날이에요."

"소접아!"

"이크, 귀 따가워."

소접이 자라목을 하자 담운이 고개를 갸웃거렸다.

"그날? 그날이 뭔데?"

"있어요, 그런 게."

"뭐 이상한 걸 묻고 그래요! 이 음적!"

매옥향이 빽 하고 소리를 지르고는 자신의 방으로 가버렸다.

소접은 픽 웃었고, 담운은 고개를 갸웃거렸다.

"여자에게 그날이냐고 물으면 싫어하나?"

"좋아하는 여자는 없겠죠?"

"호오? 그거 괜찮네."

담운은 철들고 나서 여자와 이야기를 나눠본 적이 없다.

금마옥에 여자 죄수는 없었다. 만약 있다 하더라도 남자 죄수와 같은 방을 쓸 리 없다.

덧붙여 최하층은 단 여섯 명이 전부였다.

사부들은 아무리 감옥이라도 쾌적하게 지내고 싶어했다.

자연스럽게 여자와 격리된 채 이십여 년을 살았으니 여인네의 습성이나 그런 걸 알 턱이 없었다.

그런 점에서 소접과의 이야기는 꽤나 유익했다.

담운이 궁금한 점을 물으면 소접은 자신이 아는 한도 내에서 답해줬다.

소접과 이야기를 나누면 나눌수록 가군자사부가 위대해지는 담운이었다.

가군자사부는 많은 기술 중 특히 여인의 환심을 사는 방법을 많이 가르쳐 줬는데, 소접이 바라는 이상형이 가군자사부가 예를 든 사람과 흡사했기 때문이다.

소접과 이야기에 푹 빠져 있을 무렵, 한 사내가 담운을 찾아왔다.

사내는 다짜고짜 담운에게 물었다.

"그대가 일품무사 담운인가?"

"그렇긴 한데 틀렸어. 앞으로 외당주가 될 몸이신 담운이지."

"……한 달 후 오시에 외당주 조서룡과의 비무 일정이 정해졌다."

"한 달? 아, 왜! 그냥 내일이라도 당장 하지!"

"일정을 정하였으니 어쩔 수 없는 일이다."

할 말을 마친 사내는 창문객잔을 떠났다.

담운은 팔짱을 끼고 투덜거렸다.

"기다리느라 목 빠지겠구만."

말은 그리했지만 속은 복잡했다.

올해 말 상왕이 중원으로 돌아온다.

뭔가 일을 벌이려면 최소한 일정 이상의 세력을 만들어둘 필요성이 있다.

그 시작이 외당주가 되는 것인데, 한 달 후에 결정되면 남은 시간은 고작 여섯 달 정도밖에 없다.

뽑아낸 무사들을 조련시키기에 여섯 달은 너무 촉박했다.

"근데요, 공자님. 제가 궁금한 게 있는데요."

"뭔데?"

"아씨의 알몸 봤죠?"

"……."

담운은 묵비권 행사에 들어갔다.

소접의 눈이 의심으로 물들어갔다.

"그때 아씨의 엉덩이에 손톱만 한 빨간 점이 있다는 것도 알았잖아요. 봤죠? 아씨한테 이르지 않을 테니 말해봐요."

소접의 재촉에 담운은 헛기침과 함께 입을 열었다.

"내가 말야, 눈이 너무 좋거든. 여기서 저기 산 위에 있는 산새도 보인단 말야."

"근데요?"

"여기서 산새를 본 것이 내가 잘못한 걸까, 아니면 산새가 잘못한 걸까?"

"장난해요? 그거랑 이거랑 같아요?"

"같지. 암, 같고말고. 확실한 건 내가 보고 싶어서 본 게 아니란 말이야."

"결론은 봤다는 거네요?"

"그렇…… 지?"

"어휴, 그냥 봤다고 하면 되지 그걸 빙빙 돌려서 말할 건 뭐람."

소접은 홀가분해진 얼굴로 고개를 끄덕였다.

담운이 긴장하며 물었다.

"화 안 내?"

"화를 내야 하나요?"

"며칠 전만 해도 음적이라며 길길이 날뛰더니."

"제가 사람 보는 눈은 좀 있다고 자부하고 살거든요. 근데 그동안 아무리 살펴봐도 공자님은 음적이라고 생각 들지 않아요. 음적들은 나 음적이요 하고 눈에 쓰여 있는데 공자님은 아니거든요."

"그치? 내가 그런 사람은 아니지? 하하, 소접이 네가 사람 보는 눈이 제법인데? 근데 말야, 눈에 음적이라고 써놓고 다니는 그런 사람도 있나?"

"많아요. 아씨가 좀 미인이에요? 보통 사람들은 아씨와 마주하는 것만으로도 눈에 음심이 가득한데, 공자님은 안 그래요."

칭찬하는데 싫어할 사람이 어디 있겠나. 특히 그 칭찬이 여인에게서임에야.

남자의 본능 같은 거라고 할까?

소접의 말에 담운은 괜히 기분이 좋아졌다.

"그럼 소접을 본 사람들도 눈에 음심이 가득하던가?"

"아뇨. 전 보다시피 평범한 걸요."

"아닌데? 내가 보기에 소접도 충분히 아리따운걸."

소접은 헤헤 하고 웃었다.

"말이라도 고맙네요. 뭐, 공자님도 요즘 보면 아주 멋지세요. 옷이 날개라 그런가?"

금마옥을 나온 후, 아니, 머리털 나고 처음으로 여자에게 멋지다는 말을 들었다.

담운은 하늘을 나는 것 같은 기분이 들었다.

헤벌쭉 웃은 담운이 시원하게 말했다.

"좋다. 뭐 먹고 싶어? 내가 사지."

창문객잔에서 사용한 숙박비나 음식 값의 계산은 토룡이 모두 하는데 생색은 담운이 내고 있었다.

"정말요? 잘됐다. 안 그래도 출출하던 참인데."

역시 가군자사부는 위대했다.

며칠 전까지만 해도 죽이네 살리네 하던 여인과 이렇게 친하게 이야기를 나누게 될 줄은 꿈에도 몰랐다.

이 모든 공을 가군자사부에게 돌리는 담운이었다.

"뭐든 말만 해."

"그럼 우리 과일이랑 간단하게 간식 먹어요."

"그걸로 되겠어?"

"더 먹으면 살쪄요."

지금이 미시다. 오시쯤에 점심을 먹었을 테니 겨우 한 시진 정도밖에 지나지 않은 것이다.

밥 먹은 지 얼마 되지도 않았는데 간식까지 먹으면서 살찔 걱정을 하다니.

담운은 속으로 이해되지 않았지만 여자들은 원래 그러려니 하며 점소이를 불렀다.

*　　*　　*

와지직!

손아귀에 쥔 호두가 박살 났다.

남궁철우는 어리둥절한 표정을 지어 보였다.

자신이 해놓고도 믿지 못하는 눈치였다.

불과 열흘 전만 해도 호두는커녕 주먹도 제대로 쥐지 못하던 남궁철우다.

지금은 손아귀에 쥔 호두를 깰 수 있는 악력(握力)을 얻었다.

왈칵 눈물이 나오려 했다.

지난 칠 년간의 죽음 같았던 삶을 살아야 했던 남궁철우다.

하루아침에 불구가 되어 딸을 길러야 했던 세월이 주마등처럼 지나갔다.

산을 오르고 나서부터 남궁철우의 일과는 단순했다.

아침에 눈을 뜨면 양동이를 들고 산 위로 올라가 물을 떠온다.

아침을 해 먹은 다음에는 광의의 간식을 구해왔다.

가끔 나무에서 나는 호두나 밤 따위가 먹고 싶다고 하면 나무를 기어 올라가야 했다.

점심에는 땔감으로 쓸 나무들을 베어왔다.

점심을 지어 먹고 나면 산을 헤매며 뱀을 잡는다. 광의가 마실 뱀술을 담그기 위함이었다.

이 일은 광의가 시키지 않았다.

그냥 산을 헤매고 다니며 다리와 허릿심을 기르라 했는데 남궁철우가 몰래 하는 일이었다.

자신에게 호의를 베푸는 광의를 위한 선물이었다.

사과를 깬 다음은 호두를 쥐어야 했는데, 그 일은 저녁이 되어야 할 수 있었다.

이 모든 과정은 산에 오른 첫날부터 해야 했던 훈련이다.

그렇게 하루를 보내면 온몸이 안 아픈 곳이 없었다.

근사한 수련을 기대한 것은 아니었지만, 잡일만 하고 있으니 마음이 불편했던 것은 사실이다.

그래도 생명의 은인과 다름없는 광의의 명령을 어길 수는 없었다. 그저 묵묵히 시키는 일에 최선을 다하고 열심히 하는 수밖에.

하루가 지나고 아침이 되면 어제와는 달리 활기가 넘쳤다. 자신의 몸이 아니라고 느껴질 만큼 온몸에 힘이 넘쳤다.

딸에게 못난 아비의 모습을 보일 수 없다고 매일같이 다짐했다. 그랬기에 아픈 몸으로 정상인도 하기 힘든 산행을 끝마칠 수 있었는지도 모른다.

매일 밤마다 놔준 광의의 침과 정성들여 발라준 약 덕분이지만 남궁철우는 그 사실을 몰랐다.

"흐음……."

가까이 다가온 광의는 남궁철우의 주먹을 펴고는 호두를 꺼내 먹었다.

"흘흘, 맛나구나. 어쨌든 그동안 애썼다."

"감사…… 합니다. 모두 어르신 덕분입니다."

남궁철우는 목이 메어 제대로 나오지 않는 목소리로 광의에게 애써 감사의 인사를 전했다.

광의는 흐뭇한 미소를 지으며 고개를 끄덕였다.

평범한 사람이라면 한 달은 족히 걸렸을 치료였으나, 남궁철우는 치료한 날부터 열흘 만에 해냈다.

남궁철우라면 해낼지도 모를 것이란 예상은 했다. 남궁철우에게 의지를 심어주기 위하여 산을 오른 다음 칠 일이란 시간을 매일같이 주입시켰다.

남궁철우의 의지가 없었다면 어림도 없을 일이었으나 그는 해냈다.

"이제 딸을 보러 내려가자꾸나."

"잠시…… 기다려 주십시오, 어르신."

말을 마친 남궁철우가 어딘가로 달려갔다.

이제 산을 뛰는 것도 어설프지 않았다.

일각 정도 흐르자 나타난 남궁철우의 손에는 나무줄기 따위로 만들어진 포대가 들려 있었다.

"가시지요."

"그게 무어냐?"

"어르신 잡수실 호두와 밤, 그리고 뱀술입니다."

"호두, 밤? 뱀술?"

"점심 먹고 산을 좀 뒤졌습니다. 어르신 잡수시라고 특별히 술도 구해 담았습니다."

쑥스러워하는 남궁철우를 보며 광의는 코끝이 찡해졌다.

하지만 광의는 짐짓 화난 얼굴로 투덜거렸다.

"시키는 일이나 잘할 것이지 별 지랄을 다 했구나. 얼른 가자. 해지겠다."

광의는 몸을 돌렸다.

남궁철우는 열흘간 광의와 함께 지내며 그의 성정을 파악했다.

항상 거칠게 말은 하지만 그의 내심은 따뜻함을 알고 있었다.

"내려가면 제가 직접 한잔 따라 올리겠습니다."

"……그러든지 말든지."

남궁철우는 어깨에 멘 포대를 추스르고는 광의의 뒤를 쫓아 산을 내려갔다.

광의와 남궁철우는 다음날 아침이 되어서야 창문객잔에 도착할 수 있었다.

토룡에게서 돈을 받고 어딘가로 사라진 전소갈을 제외하면 모두가 한 방에 모여 있었다.

"아빠!"

남궁서련이 후다닥 달려와 남궁철우의 품에 안겼다.

남궁철우는 포대를 내려놓지도 못하고 딸의 습격을 받고 말았다.

남궁철우는 금방이라도 울 것 같은 얼굴로 남궁서련의 머리를 쓰다듬었다.

이제는 아이의 몸을 힘주어 껴안아줄 수도 있다. 넘어지면 일으켜 세워줄 수도 있고 업어줄 수도 있다.

아이를 안고 덩실덩실 춤이라도 추고 싶었다.

왈칵 눈물이 쏟아질 것 같았지만 이런 좋은 날 울 수는 없었다.

가까스로 마음을 수습한 남궁철우는 환하게 웃으며 남궁서련에게 물었다.

"그동안 잘 지냈니?"

"몰라, 몰라! 나도 데려가지!"

남궁서련은 아비의 품에 안겨 투정을 부렸다.

남궁철우가 없는 동안 남궁서련을 돌보던 담운은 허탈한 모습이었다.

"허어! 딸자식 키워봤자 소용없다더니 아빠 왔다고 냉큼 가는 것 좀 보게."

혀를 끌끌 차며 하는 담운의 말에 광의를 비롯한 모두는 어이가 없다는 얼굴 표정을 지어 보였다.

도대체 누구 딸인지 알 수 없는 발언이었다.

담운과 같은 생각을 가진 사람이 있다면 토룡뿐이었다.

옆에 같이 있던 토룡은 뭐가 아쉬운지 입맛을 쩝쩝 다셨다.

그동안 사준 밥이 몇 그릇이며, 아빠 보고 싶다고 칭얼댈 때마다 입에 물려준 당과가 몇 개던가.

"난 딸 시집보낸 기분이 드는데 왜 이렇수?"

"에라이, 미친놈들. 니들 딸이냐, 이놈 딸이지? 네놈들 딸도 아니면서 무슨 생색을 내고 지랄이냐?"

담운은 광의에게 이를 드러내며 웃어 보였다.

"욕을 들으니 이제 영감 왔다는 게 실감나네."

"실없는 놈."

눈을 흘기던 광의는 비죽 웃고 말았다.

칭얼거리는 딸의 몸을 꽉 껴안아준 남궁철우는 담운에게 목례를 했다.

"다녀왔습니다."

"수고했어. 건강해 보이네?"

"모두 공자님 덕분입니다."

"님 자는 빼라니까. 열흘 동안 산에서 예의 공부라도 하고 온 거야? 그리고 내 덕은 무슨. 영감이 다 한 거지. 나한테 감사 인사 할 정신 있으면 영감한테나 더 해."

담운의 핀잔에도 사람 좋아 보이는 미소를 지은 남궁철우는 칭얼대는 딸을 달래며 포대를 내려놓았다.

쿵!

얼마나 많은 짐이 들었기에 마룻바닥이 울릴까.

"그게 뭐야?"

"호두하고 밤입니다. 뱀술도 있고요."

남궁철우의 대답에 담운은 광의에게 홱 고개를 돌리고 노려보았다.

"영감, 재활훈련 한다더니 땅꾼 훈련이라도 시켰어? 웬 호두하고 밤이랑 뱀술이야?"

“난 모르는 일이다. 저놈이 알아서 구해놓은 게지.”

담운이 가재미눈을 뜨며 말했다.

“얼마나 괴롭혔으면 알아서 구해놨을까?”

“갈궈서 될 일이면 네놈도 좀 갈구고 싶다. 알아서 척척 하도록.”

“한가한 노인네 취미생활에 동참해 줄 만큼 내 성격은 착하지 않은걸?”

“네놈도 어디 좀 다치고 와라. 내 취미생활에 끼워줄 테니. 네놈은 아주 그냥 석 달 열흘 정도 괴롭혀 주마.”

광의의 독설에 담운은 씩 웃었다.

“미안하지만 보다시피 내가 어디 가서 맞고 올 사람은 아니라서.”

광의와 담운의 말싸움에 당황한 남궁철우는 양손을 내저었다.

“아닙니다. 산에서 밤과 호두를 즐기셔서 나중에 생각나실까 봐 구해놓은 겁니다.”

“이봐, 이봐. 내 이럴 줄 알았어. 호두랑 밤이 먹고 싶어서 산에 간 거구만?”

“그게 아니라……”

남궁철우가 안타까운 얼굴로 말했다.

결국 광의가 먼저 백기를 들어 올렸다.

“끙…… 네놈과 실없이 대거리하고 있으니 입만 아프구나.

철우야, 호두나 하나 다오."

승기를 잡은 담운은 악동처럼 키득키득 웃었다.

그때서야 남궁철우는 담운이 장난쳤다는 사실을 알 수 있었다.

안도의 한숨을 내쉰 남궁철우는 맨손으로 호두 껍데기를 부수고 알맹이만 광의에게 전해주었다.

그 모습에 남궁철우를 아는 모두는 깜짝 놀랐다.

잘려진 근맥을 잇는 시술을 한 지 겨우 열흘이다. 열흘 만에 보통 무사들과 다름없는 악력을 지니게 되었다.

칠 년이라는 공백을 단 열흘 만에 메워 버린 것이나 다름없었다.

광의라면 당연히 할 수 있으리라 예상했던 담운만 놀라지 않은 모습이었다.

"몸도 다 나았고, 그럼 이제 어떻게 할 생각이지?"

"이미 예전에 생각을 끝냈습니다. 제 마음은 변하지 않았습니다. 전 공자님을 따르겠습니다."

"그래? 그럼 됐어. 자자, 이제 다 모였으니 밥이나 한 끼 하지? 새벽 동안 굶었더니 배가 고프네."

토룡은 한숨을 내쉬었다.

새벽 동안 굶지 않는 사람이 어디 있는가?

거기다 계산은 자신이 도맡아 하고 있다.

저 밥 귀신은 먹어도 먹어도 배가 고픈가 보다.

그것도 남보다 많이 먹으면서.

간만에 아버지를 본 탓인지 남궁서련은 쉬지 않고 재잘재
잘 떠들었다.

토룡이 당과를 사준 일하며, 무한 여기저기 데리고 다녀줬
던 이야기를 자랑처럼 죽 늘어놓았다.

남궁철우는 눈으로 토룡에게 감사의 인사를 전했다.

토룡은 쑥스러움을 감추지 못하고 뒤통수를 벅벅 긁었다.

웃고 떠드는 식사 시간은 즐겁게 이어졌다.

"형님, 오늘따라 더 많이 드십니다?"

"그러게. 기분이 좋으면 식욕이 살아나나 봐."

담운은 십 인분의 음식을 입안에 쓸어 넣고 있는 중이었다.

식사를 끝내고 다과를 즐기고 있을 때, 하관이 길고 이빨이
튀어나온 시커먼 사내가 나타났다. 철산호였다.

주위를 두리번거리던 철산호는 담운을 발견하고 화색을
띠며 다가왔다.

"형님 사부님, 그간 별래무양하셨습니까?"

좌중은 눈을 끔벅거리며 철산호를 바라보았다.

"넌 내가 분명히 어제 형님 사부님이란 이상한 소리 하지
말랬지. 게다가 별래무양이라는 말이 무슨 뜻인지는 알고 쓴
거냐?"

"그냥 좋은 말 아닙니까?"

별래무양(別來無恙)이란, 오랫동안 연락하지 않던 사람에게 잘 지냈냐고 묻는 인사다.

어제 헤어진 철산호가 저런 말을 했으니 담운이 어이없어 하는 것도 당연했다.

혹을 하나 더 매달게 된 그런 기분에 담운은 한숨을 내쉬었다.

한동안 멍하던 광의가 낄낄거리며 웃기 시작했다.

"크크크큭. 고놈 참. 담가야, 아주 수준이 맞는 놈을 주워 왔구나."

"에헤헤, 그렇습니까? 그거 칭찬이지요? 형님 사부님하고 같은 수준이라니 이거 영광이네요."

뒤통수를 긁적거리며 악의없이 웃는 철산호를 보며 담운은 피식 웃고 말았다.

"다 낫거든 오라고 했는데 벌써 다 나은 거냐?"

"아! 그거 말입니까? 보십쇼. 벌써 다 나았습니다."

철산호는 자신의 팔을 들어 올려 보였다.

어제까지만 해도 부목을 대고 있었는데 오늘은 그냥 붕대만 감겨 있었다.

"뭐, 어쨌든 당장 싸워도 될 정도로 회복하면 그때 와."

담운의 말에 철산호의 어깨가 푹 처져 버렸다.

"알겠습니다."

고개를 꾸벅 숙여 보인 철산호가 객잔을 빠져나갔다.

모두가 그러했다.

무공을 가르쳐 준다고 돈을 갈취하는 놈도 있었고, 차일피일 미루다 흐지부지 없던 일이 되기도 했다.

믿는 사람만 바보가 되는 그런 일이 수도 없었다.

철산호는 붕대가 감긴 자신의 팔을 내려다보며 입술을 깨물었다.

"사람을 믿는 것은 이번이 마지막이라 생각하자."

철산호는 자신에게 다짐 같은 말을 하며 집으로 향했다.

第十章

금룡단주(金龍團主) 탁무결

사람들이 모두 잠든 밤.

으슥한 대로변에 그림자 서너 개가 나타났다.

복면으로 얼굴을 가린 그들은 잠에 빠진 거리를 빠른 속도로 달렸다.

창문객잔 앞에 멈춰 선 그들은 서로 수신호를 나누고 객잔 안으로 빨려들 듯 사라졌다.

담운은 잠에서 깨어났다.

원래 남들과 달리 침상이 불편한 점도 있었지만, 불길한 살기가 창문객잔을 뒤덮고 있었기 때문이다.

“살수인가?”

말을 해놓고 담운은 고개를 저었다.

살수(殺手)일 리는 없다.

벙어리사부가 말하길, 살수란 살기(殺氣)를 흘리지 않고 쥐도 새도 모르게 사람의 목숨을 취한다 했다.

살기를 흘리는 살수는 하급 살수이며, 고급 살수일수록 오히려 평범하다 했다.

물론 벙어리사부는 말을 하지 않고 땅에 적어줬다.

이렇듯 노골적인 살기를 뿜어내는 자가 살수일 리는 없다. 게다가 살기는 자신의 방으로 향하고 있었다.

“나를 노리고 왔나?”

담운은 자리에서 몸을 일으켜 침상에 걸터앉았다.

소리 죽인 인기척이 방문 바로 앞에서 사라졌다.

끼익.

문이 열리고 흑의를 입은 사내 넷이 방 안으로 들어왔다.

“여어, 밤에 수고가 많네?”

손을 들어 올려 보이며 하는 담운의 인사에도 무사들은 당황하는 빛을 보이지 않았다. 일부러 담운을 깨웠기 때문이다.

만약 노골적인 살기에도 잠에서 깨지 않았다면 죽이고 오라는 명을 받았다.

“그대가 담운인가?”

일부러 억눌리게 변성된 목소리였다.

담운은 귀찮다는 얼굴로 뒤통수를 벅벅 긁었다.

"알고 왔잖아?"

"소란은 일으키고 싶지 않으니 우리를 따라나서라."

"그럴까?"

담운은 침상에서 일어났다.

작은 반항이라도 있으리라 예상했던 무사들이 오히려 당황했다.

"왜? 소란 피우고 싶지 않다며? 나도 그래."

담운은 거침없이 방을 빠져나와 객잔 밖으로 나왔다.

그 뒤를 따라 당황한 무사들도 함께 나왔다.

"더 넓은 곳이 필요하나?"

담운이 대로를 턱짓하며 물었다.

이곳에서 싸울 것인지 묻는 표시였다.

무사들은 대답하지 않고 성문 방향으로 몸을 날렸다.

귀찮음 가득한 얼굴로 담운은 무사들의 뒤를 따랐다.

"꼽추사부님이 이르시길, 달밤에 체조는 몸에 해롭댔는데. 쯧."

성문을 빠져나온 무사들은 인근 야산 쪽으로 방향을 틀었다.

담운이 도착했을 때는 이미 무사들이 자리를 잡고 난 후였다.

바짝 따라붙을 수도 있었지만, 다른 매복이 없을까 분주히 살피며 천천히 따라갔던 탓이다.

야산 근처에 도착한 담운은 목을 꺾으며 투덜거렸다.

"싸움 한번 하는데 더럽게 멀리 오네."

담운의 이죽거림에도 무사들은 동요하지 않았다.

그들은 달빛이 반사되지 않도록 검게 물들인 검을 뽑아 들었다.

기도가 요사스러운 것이 정도무림을 대표하는 무림맹의 사람 같지는 않아 보였다.

"자, 그럼 너희 정체를 직접 말할래, 아니면 얻어맞고 말할래?"

무사들은 말없이 수중의 무기만을 들어 올려 보일 뿐이었다.

담운은 픽 하고 웃었다.

"맞고 말할 생각인가 보군."

말을 마친 담운은 무사들에게로 저벅저벅 발걸음을 옮겼다.

담운의 발걸음에 맞춰 무사들이 동시에 담운에게 쇄도했다.

항상 손발을 맞춰오던 사이였는지 연수합격이 제법 예리했다.

무사 하나가 현란한 변초로 담운의 이목을 흐림과 동시에 머리를 쪼개오는 검, 심장을 찔러오는 검, 게다가 발목을 잘라오는 검이 한 몸처럼 움직였다.

담운은 공격을 피해 슬쩍슬쩍 움직이며 무사들에게로 파고들더니 양손을 번개처럼 뻗어냈다.

카카카캉!

소음과 함께 무사들이 비틀거렸다.

권장과 검이 부딪쳤건만 담운의 주먹은 멀쩡했다. 오히려 무사들의 검에 이가 빠져 있는 모습이었다.

단 일 합(一合)에 낭패를 본 무사들은 당황하는 눈치였다.

아무리 전력을 다하지 않았다지만 상대방의 실력이 예상 외였던 탓이다.

담운은 주먹 마디를 꺾으며 입을 열었다.

"자, 이제 말할 용기가 생기나? 밤은 기니까 더 해도 상관없고. 더 해볼까?"

담운의 질문에 답한 것은 무사들이 아니었다.

대답은 왼쪽 수풀 쪽에서 들려왔다.

"질문은 그대가 아니라 내 몫이라네."

수풀에서 뒷짐을 진 사람이 걸어나왔다.

청의를 걸치고 하얀 수염을 배꼽까지 기른 노인이었다.

자글자글한 주름 사이에 파묻힌 눈빛은 깊었다.

"언제 나오나 했더니 이제 등장하시는군. 늙은이들은 밤잠이 많다더니 사실이 아닌가 보네."

담운의 반말에 무사들의 몸에서 살기가 쏟아져 나오기 시작했다.

담운은 콧방귀도 뀌지 않았다.

노인은 담운을 향해 달려들려 하는 무사들을 제지하고는 너털웃음을 터뜨렸다.

"허허, 도대체 누구에게 그런 이야기를 들었는지는 모르겠지만 잘못 안 걸세. 노인들은 밤잠이 없다네."

"그런가? 아무튼 뭐가 궁금해서 사람을 예까지 데리고 왔어? 오늘 내가 좀 피곤하거든? 얼른 해결하고 서로 갈 길 가자고."

"듣던 대로 경망스럽기 이를 데 없구나."

노인은 혀를 끌끌 찼다.

예사롭지 않은 기운이 노인에게서 폭풍처럼 뿜어져 나왔다.

담운은 자신도 모르게 한 발자국 물러났다.

이런 기운은 감옥에서 나온 후 한 번도 느껴보지 못한 성질의 것이었다.

마치 사부들을 대면한 기분이랄까?

속으로는 긴장하고 있었지만 겉으로는 태연하려 애썼다.

이를 악문 담운이 말했다.

"좋아, 서로가 궁금한 점이 있을 테니 하나씩 묻고 답하기로 하지. 그게 아니라면 여기서 헤어지든지 끝장을 보고."

기세를 거둔 노인은 말없이 담운의 눈을 바라보았다.

겁먹은 눈빛은 결코 아니었다.

보통 이 정도의 기세를 쏟아내면 게거품을 물고 쓰러지거나 두려움에 휩싸여 묻지 않은 것도 알아서 주워섬기게 마련이다.

하지만 담운의 눈에는 오히려 굳은 의지가 담겨 있었다.

오랜 세월 사람을 다뤄온 바에 의하면, 이런 눈빛의 소유자는 꺾어질지언정 결코 구부러지지 않는다.

비록 언행은 경망스럽지만 속마음은 정반대였다.

자신의 목적도 담운과 같았기에 노인은 고개를 끄덕이며 제안을 받아들였다.

"그것도 나쁘지 않군. 좋아, 그럼 묻는 말에 곧이곧대로 대답하길 바라며 질문을 해보도록 하지."

노인의 말에 담운은 콧방귀를 꼈다.

"하, 왜 영감이 먼저 질문하는데?"

"내가 나이가 많지 않은가. 노인 공경이라 생각하게."

"꼭 불리할 때만 공경 찾지. 젊은 놈들보다 더 팔팔하면서."

노인은 너털웃음을 터뜨렸다.

담운의 반말에도 오히려 기분이 좋았다.

나이를 먹은 후 어느 누구도 자신을 함부로 대하지 못했다. 오히려 이렇게 함부로 대해주니 자신이 젊어지는 기분까지 들었다.

노인은 기분 좋은 미소를 머금고 질문을 던졌다.

"그렇게 봐주니 고맙네그려. 그럼 내가 먼저 질문함세. 첫째, 토룡을 아는가?"

"토룡? 물론 알지. 그럼 이번에는 내 차례인가? 당신들 누구야?"

담운의 질문에 노인은 다시 한 번 너털웃음을 터뜨렸다.

"허허! 밤은 긴데 벌써 그런 질문을 하는 겐가?"

"난 밤잠 설치면 피부가 말썽을 일으키거든. 말해봐. 당신들 누구야?"

"내 이름은 탁무결이고, 이 아이들은 나의 수하들일세. 그럼 이번에는 내 차례인가?"

"아니, 아니. 내 질문은 그게 아니었거든?"

"자네 질문은 우리가 누구인지를 묻는 것이었네. 내 대답은 충분하리라 생각되는데?"

"그러니까 댁들 이름은 관심없다고."

노인 탁무결은 어이가 없었다.

당금 중원은 삼패(三覇)가 삼분하고 있다.

삼패란 무림맹, 마교(魔教), 사황성(邪皇城)을 일컫는다.

일존(一尊)은 마교의 교주로, 천마존(天魔尊)을 이른다.

일존이 금마옥에 갇히기 전에는 천하제일고수였다.

단 한 명뿐인 입신의 경지에 이르렀으며, 일수에 천지가 진동했다고 한다.

천산(天山)의 마교에서 조용히 살고 있던 일존이 어떠한 연유로 중원에 나왔는지는 베일에 싸여 있다.

남의 일에 관해 말하길 좋아하는 호사가들에 의하면, 무림맹주가 된 구진경이 먼저 일존을 도발했다고 한다.

이에 분노한 일존이 마교인들을 이끌고 중원을 침공했고, 고작 일 년 만에 전 무림이 마교의 발아래 놓일 위기에 처했다.

일존이 잡힌 이유도 불분명했는데, 역시나 호사가들은 구진경이 일존의 가족을 이용했다는 견해를 내놓았다.

일 년 만에 무림을 일패도지(一敗塗地)했던 일존은 불가사의하게도 무림맹 앞에 무릎을 꿇었다.

일존이 사라진 후 마교의 힘은 쇠약해져 이제는 이강이라 불리기는 했다. 하지만 마교의 숨겨진 저력만은 무시할 수 없었기에 삼패로 인정해 주고 있는 추세였다.

지나가는 삼척동자도 이름만 대면 알고 있는 삼패 중 하나. 사황성의 대표적인 무력 세력 금룡단(金龍團) 단주(團主)인 탁무결을 모른다니 말이 되는가?

사황성 성주의 최측근이며, 초인의 경지에 올랐다는 무림 십대고수 중 하나인 탁무결을 말이다.

저잣거리의 소문에 의하면 성주보다 더 강할지도 모른다는 의견이 압도적이다.

탁무결 정도의 위치에 있는 자라면 이름만 말해도 알아서

기게 마련이다.

그럼에도 불구하고 담운이라는 젊은이는 자신에게 거리낌 없이 하대를 하고 있다.

탁무결은 유쾌한 기분을 느끼며 껄껄 웃었다.

"그런가? 이거 내가 자네를 너무 높이 봤나 보군. 난 사황성의 금룡단 단주 탁무결일세. 이 아이들은 아까도 말했지만 내 수하들일세."

"사황성이라……. 이거 의외네. 내가 너무 유명해졌나? 벌써 사황성에서 나를 알아보고 말야."

삼패 중 하나인 사황성은 담운도 알고 있었다.

다만 탁무결의 이름을 몰랐을 뿐이다.

"내 이름은 몰라도 사황성은 알고 있었던가. 허허. 자존심이 조금 상하는구먼그려. 그럼 이번에는 내가 물음세."

"그러시든지."

"자네 사문은 어찌 되는가?"

"사문이라……."

"너무 곤란한 질문인가? 밤은 길지만 자네가 지루해하는 것 같아서 말일세."

입은 웃고 있었지만 탁무결의 눈에는 의미 모를 빛이 감돌았다.

담운은 고개를 갸웃거렸다.

"사문 따위는 없는데? 사부님들은 있지."

“누군가?”

“질문은 하나씩 아냐?”

탁무결은 혀를 차며 고개를 저었다.

“사문에는 사부도 포함되는 걸세.”

“그런가? 뭐, 그건 그렇다 치고, 큰사부님, 꼽추사부님, 벙
어리사부님, 외팔이사부님, 가군자사부님이 계시지.”

“……그게 전분가?”

“내가 아는 건 이게 전분데? 왜? 뭐가 더 필요해?”

탁무결은 입술을 한일자로 다물었다.

담운의 말을 곧이곧대로 듣지 않았다.

탁무결이 혈기만 있는 젊은 무사였다면 자신을 희롱한다
며 덤벼들었겠지만 그러기에 탁무결은 연륜이 너무나 깊었
다.

담운이 말하는 바는 이름이 아닐 것이다.

벙어리니 꼽추, 외팔이니 하는 것으로 보아 아마도 외향을
말함일 것이다.

평생을 무림에 몸담고 살았건만 아무리 머리를 굴려봐도
담운이 말한 인물은 떠오르지 않았다.

자신의 기억에 의하면, 그런 신체 조건으로 젊은 나이의 절
정무사를 길러낼 정도의 그런 고수는 없었다.

중원을 뒤져 본다면 외팔이나 꼽추, 벙어리는 있을지 모르
나 고수는 드물다. 그런 고수였다면 기억하고 싶지 않아도 기

억하고 있었을 게다.

탁무결이 생각에 잠겼거나 말거나 담운의 질문은 이어졌다.

"큰사부님은 이런 식으로 즐겨 대화하셨는데 난 영 몸에 안 맞는 옷을 입은 기분이란 말야. 그냥 단도직입적으로 묻지. 나를 찾아온 용건은?"

"흠흠, 어른이 생각에 잠겼으면 배려 좀 해줘야 되는 것 아닌가? 자네 보기보다 배려심이 부족하군."

"그건 영감이 관심 가져주지 않아도 되니까 묻는 말에 대답이나 하시지?"

"허허, 질문을 하려고 데려왔거늘 오히려 목적을 일러야 될 줄은 몰랐구나. 내가 너를 이곳에 불러낸 것은 너를 사황성으로 데려가기 위함이니라."

"사황성에? 뭐하러?"

탁무결은 고개를 저었다.

"이번엔 내 차례일세. 자네는 하오문을 어떻게 할 생각인가?"

"글쎄? 아직 생각 중인데. 정하진 않았어. 그럼 이번엔 내 차례군. 날 왜 데려가려고 하지?"

탁무결은 미간을 찌푸렸다.

"답변이 성의는 없었지만 질문에 대답은 해주마. 들리는 소문에 의하면 네가 절정의 문턱을 넘었다 하더구나. 힘이란 커지면 커질수록 사용하고 싶어지는 것이거든. 무림맹이 힘을 키우면 우리 사파 쪽은 항상 마음을 졸이며 살아가야 되지 않겠느냐? 지금은 서로가 불가침의 규율을 지키고 있다만 언제 적으로 돌아설지 모를 무림맹에 절정고수가 추가되는 것만은 피하고 싶은 것이 늙은이의 심정일세."

"거절한다면?"

"강제로라도 끌고 갈 것이되, 그마저도 거절한다면 화가 될지도 모를 싹은 잘라내야 하겠지."

"죽이겠다는 소리군."

"알아들으니 마음은 편하구나."

탁무결과 담운의 눈싸움이 시작되었다.

결코 만만하지 않은 상대.

뒤에서 검을 뽑아 들고 시립하고 있는 수하의 실력도 무시하지 못할 정도다.

탁무결과 설렁설렁 싸워서는 결코 이길 수 없을 것이다.

그렇다면 본신의 진력(眞力)을 꺼내야 하는데, 그렇게 되면 정체가 발각될지도 모른다.

큰사부는 항상 말했다.

무림에서는 어린아이와 노인을 조심해야 한다고. 거기다 삼 푼의 실력은 꼭 숨기고 있으라고.

탁무결만큼 연륜이 있는 상대라면 본 실력을 꺼내 보이는 순간 자신에 대해 알게 될 것이다.

괜한 분란으로 목적을 달성하기도 전에 정체가 까발려지게 되는 것은 사양이다.

그냥 싸워 버리고 싶은 마음은 굴뚝같았지만 상왕에게 복수를 하고 사부들의 부탁을 완수하기 전까지는 최대한 자신의 정체를 밝혀선 안 된다.

담운은 차분한 목소리로 말했다.

"그러니까 내가 무림맹의 편에서 사파와 싸울까 봐 걱정된다 이 말이지?"

"굳이 답을 내리자면 그렇다고 봐야겠지."

"그럼 걱정 마. 난 무림맹의 편에 설 생각이 없으니."

"내 정보력을 얕잡아보는가? 외당주와 비무가 잡혔다 들었거늘. 내가 보기에 자네는 외당주와 거의 비슷한 수준일세. 운이 좋다면 이길지도 모르지. 그렇게만 된다면 외당을 자네 손으로 주무를 수 있는데 무림맹의 편에 서지 않겠다? 그럼 왜 무림맹에 적을 올렸는가? 무슨 이유가 있어 외당주와 겨루려고 하는 것인가?"

"아, 진짜 그 늙은이, 정말 깐깐하네. 궁금하면 무림맹과 전쟁이라도 한판 벌여보든가. 내가 거기 끼나 안 끼나."

담운의 투덜거림을 들은 탁무결의 몸이 흠칫했다.

탁무결의 눈이 깊게 잠겨갔다.

"한가한 노인네 취미생활에 맞춰주기엔 난 너무 바쁜 사람이란 말야. 영감이 걱정하는 일은 없을 테니까 그렇게 알아.

용건 끝났으면 가봐도 되겠지?"

　손까지 흔들어준 담운은 지체없이 떠나갔다.

　남겨진 탁무결은 담운의 등을 눈으로 좇으며 조용히 읊조렸다.

　"저 아이를 감시하거라. 들키지 않도록 기도를 숨기고 멀리서 감시만 하거라. 도발은 자제하도록."

　"존명."

　수하 넷이 담운을 좇아 사라졌다.

　탁무결은 하늘로 시선을 돌렸다.

　"우리의 목적을 알고 있었다는 말인가."

　조금은 배가 불러진 반달이 밤하늘을 비추고 있었다.

　"본래 어떠한 물건이라도 그 주인이 정해져 있거늘. 분수에 넘치는 물건을 취하려면 그만큼의 대가를 치러야 하는 법."

　탁무결의 눈에는 핏빛으로 빛나는 불길한 달이었다.

　무림맹의 외성으로 돌아온 담운은 달빛을 벗 삼아 유유자적 대로를 거닐었다.

　늦은 밤이라 사람들은 그림자도 보이지 않았다.

　담운은 내공을 일으켜 기감(氣感)을 넓게 펼쳤다.

　"너구리같은 영감이 나를 그냥 놔둘 리 없지."

　오십여 장 떨어진 거리에서 인기척 네 개가 느껴졌다.

필시 탁무결의 수하이리라.

"역시 따라붙었군."

외당주와의 비무가 한 달 앞이고, 구삼풍이 중원으로 돌아오는 것은 육 개월 후다.

어찌 보면 촉박한 시간이지만 담운에게는 지겹기 그지없을 따름이었다.

"일단 가지고 놀면서 시간을 보내야겠네. 철산호는 대놓고 가지고 놀고 저자들은 숨어서 가지고 놀고. 시간은 금방 가겠군."

담운은 만족스런 미소를 지었다.

내공을 거둘 찰나 기감의 끝 무렵에 인기척이 걸렸다.

이런 늦은 밤에 사람이라니?

궁금증을 감추지 못한 담운의 발걸음이 인기척에게 향했다.

第十一章
서풍

쉭! 쉬익!

"구백삼십! 허억! 허억!"

땀으로 목욕을 한 인영은 거친 호흡을 가다듬었다.

부들부들 떨리는 그의 손이 다시금 위에서 아래로 떨어져
내렸다.

나무 위에 자리를 잡은 담운은 고개를 모로 꼬고 손으로는
턱을 받친 편한 자세로 구경하는 중이었다.

"몇 번까지 하려는 거야?"

쉭, 쉬익!

횟수가 거듭됨에 따라 자세가 흐트러질 만도 한데, 인영의

검을 내려치는 자세는 한 치의 흐트러짐도 없었다.

그저 묵묵히 위에서 아래로 내려치는 동작만 반복할 뿐이다.

"……천! 크허헉, 헉헉!"

결국 일천 번의 횟수를 채운 사내는 허리를 굽히고 거친 호흡을 토해냈다.

나뭇가지 위에서 담운은 소리없는 박수를 쳤다.

사내를 보자니 예전 금마옥에서의 기억이 떠올랐다.

담운은 사내와 같은 훈련을 받았었다.

그때는 검이 없었기 때문에 나무로 만들어진 숟가락으로 검을 대신했었다.

평소에는 가볍기 짝이 없는 숟가락인데 수련할 때만 되면 이상하게 무거웠다.

깐깐했던 큰사부는 일만 번을 명했다.

위에서 아래로 내려치는 동작만 일만 번, 횡으로 베는 동작 일만 번, 게다가 역동작까지 포함시켰고, 찌르기까지 시켰다.

그렇게 도합 오만 번의 휘두르기를 마쳐야만 쉴 수 있었다.

그것이 나이 열 살 때 일이다.

그래도 인정은 있었던지 휘두르기를 마치면 큰사부는 이상한 경문(經文) 같은 것을 전음으로 불러주며 몸을 주물러 줬다. 주무르기를 마치면 찢어질 것 같던 근육의 아픔은 이상하게도 느껴지지 않았다.

담운은 매일 듣다 보니 자신도 모르게 경문을 외우게 됐다.

그것이 내공심법의 구결이라는 것을 알게 된 것은 꽤나 많은 시간이 지난 후였다.

그때는 뭔지도 모르게 외우고 시키는 대로 했으니까.

상념을 마친 담운은 사내가 낯이 익다는 것을 느꼈다.

"뭐야? 그러고 보니 소심이 아냐?"

서풍의 이름을 자기 맘대로 바꿔 버린 담운이었다.

무림맹에 온 지도 제법 시간이 흘렀는데 수련을 하는 무사는 한 명도 보지 못했다.

내당이야 가보지 않아서 모르겠으나 외당은 그랬다.

"어린 나이에 삼품에 올랐다더니 다 이유가 있군."

역시 노력의 땀은 배신하지 않는 법이었다.

땀을 식힌 서풍은 자리에서 일어나 다시 검을 휘둘렀다.

이번에는 횡으로 베는 동작이다.

"휴, 저래 가지고 언제 고수가 되겠냐."

툴툴거린 담운은 나뭇가지에서 뛰어내렸다.

서풍과 떨어진 거리에 자리를 잡고 물끄러미 달을 올려다보았다.

"도와줘? 말아? 고민되네."

솔직히 말하자면 도와줄 의리나 인정 따위는 없다.

친한 사이도 아니고 충성을 바친 것도 아니다.

그럼에도 불구하고 서풍이 남 같지 않았다.

자신과 같은 수련을 한다는 이유와 내버려 두기 불쌍했다는 표현이 가장 정확할지도 모른다.

"귀찮게시리."

뒤통수를 벅벅 긁은 담운은 천천히 내공을 끌어올렸다.

수하는 아직도 오십 장 근처에 머물고 있었다.

내공을 일 할 정도 끌어올리자 수하들의 기척이 당황하는 눈치였다.

느닷없이 내공을 끌어올리고 있었으니 오죽할까.

수하들은 담운의 기운을 읽었는지 사방으로 흩어졌다.

"그래도 제법 훈련이 됐나 보군."

담운은 피식 웃었다.

내공을 삼 할 정도까지 사용하자 서풍의 움직임도 멈춰졌다.

수하의 실력이 서풍보다 두세 수 정도는 위라는 뜻이다.

일부러 인기척을 냈으니 곧 서풍이 도착할 게다.

담운은 말없이 달을 올려다보며 생각에 잠겼다.

'오랜만에 벙어리사부님의 검을 펼쳐 볼까?

인기척을 느끼고 조심스레 다가온 서풍은 담운을 발견했다.

서풍이 도착했다는 것을 느낀 담운은 서서히 손을 올렸다.

검을 들고 있지도 않은데 환상처럼 검이 보이는 것 같았다.

서풍은 자신도 모르게 몸을 숨겼다.

남의 수련 장면을 보는 것은 결례다. 하지만 서풍은 담운에게서 눈을 떼지 못했다.

왜인지는 모르겠다. 눈을 돌려야 하건만 돌릴 수 없었다. 보이지 않는 손이 머리를 잡고 있는 그런 기분이었다.

머릿속으로 알 수 없는 중얼거림이 쏟아져 들어왔다.

서풍의 눈이 점점 풀려갔다.

두근두근.

담운의 심장 고동이 느껴진다.

웃기는 일이다. 보고 있는 것만으로 심장의 고동이 느껴지다니.

스윽.

검을 든 서풍의 손이 담운의 그것만큼 옮겨졌다. 멀리서 보면 담운과 꼭 닮은 자세였다.

자신의 심장 고동과 담운의 심장 고동의 파장이 일치해지는 순간,

삭!

담운의 손이 아래로 그어졌다.

서풍의 손도 동시에 움직였다.

사삭!

검을 내려치고 나서야 정신을 차린 서풍은 얼떨떨함을 감추지 못하고 담운을 쳐다보았다.

담운의 시선은 여전히 달에 머물러 있었다.

서풍도 담운처럼 시선을 위로 올렸다. 시선이 달에 머무는 순간, 서풍의 입은 쩍 벌어졌다.

달이 잘라져 있다!

잘라질 리 없는 달이 반 토막 나 있었다.

서풍은 눈을 비비고 다시 한 번 달을 바라보았다.

반 토막 나 있던 달은 어느새 본래의 모습을 갖추고 있었다.

귀신이 곡할 노릇이 아닐 수 없었다.

"뭐야? 소심이 아냐?"

담운의 목소리에 정신을 차린 서풍은 화들짝 놀라 엉덩방아를 찧었다.

"뭘 그리 놀래?"

"저, 저기…… 죄송합니다!"

얼마나 놀랬던지 서풍은 엉덩방아를 찧고 앉은 자세 그대로 사과를 하는 중이었다.

"죄송하기는 무슨."

담운은 피식 웃고는 연방 고개를 꾸벅꾸벅 숙이며 사과하는 서풍의 옆에 앉았다.

한동안 침묵이 흘렀다.

담운은 달을 구경하고 있었고, 서풍은 입술만 달싹거렸다.

결국 큰마음을 먹은 서풍이 먼저 입을 열었다.

"저기……."

“나 말꼬리 늘리는 거 싫어한다. 할 말 있으면 사내놈답게 시원하게 해.”

“그러니까…… 아까 그건 무엇입니까?”

“봤냐?”

서풍의 얼굴이 붉어졌다.

“결례인 줄은 알지만 훔쳐보고 말았습니다.”

“결례는 개뿔. 보고 훔칠 게 있어야 결례지. 아무것도 못 느꼈다면 그냥 구경한 거야.”

‘이 정도로 해줬는데도 뭔가 느끼지 못했다면 어쩔 수 없지.’

서풍은 고개를 숙이고 곰곰이 생각에 잠겼다.

아까 느꼈던 그것은 무엇이었을까.

단순하게 검을 내려치는 것은 아니었다.

심장 고동 소리와 함께 무언가가 몸을 타고 흐르는 것을 느꼈다.

차가운 그것은 자신의 몸에 각인이라는 흔적을 남기고 사라졌다.

서풍은 손을 뻗어 가슴 위에 올렸다.

아직도 무언가가 그곳에 머물고 있을 것 같은 그런 기분이었다.

담운은 물끄러미 서풍을 쳐다보았다.

뭔가를 잡을 듯 말 듯할 때는 방해하면 안 되는 법이다. 무엇이 되었든 깨달음은 본인의 몫이었으니까.

"달밤에 체조는 그만하고 얼른 들어가서 자라."

엉덩이를 털고 일어난 담운은 창문객잔이 있는 방향으로 걸어갔다.

서풍은 쉽사리 일어나지 못했다. 그는 긴가민가하며 자신의 검을 든 손을 내려다보았다.

달을 베던 감촉이 아직도 남아 있다.

자신이 해놓고도 믿겨지지 않았다.

달을 베다니.

길 가는 사람 아무나 잡고 물어봐도 미친놈 소리만 들을 게다.

서풍은 아까의 감각을 떠올려 보았다.

두근두근.

다시 한 번 심장 고동이 살아나기 시작했다.

차가운 무언가가 단전에서 빠져나와 온몸을 돌기 시작했다.

어디선가 들려오던 중얼거림 또한 머릿속에 각인된 것처럼 자신도 모르게 외울 수 있었다.

순간,

"푸읍!"

서풍의 입에서 핏줄기가 뿜어져 나왔다.

쿨럭쿨럭!

선홍빛의 선혈이 끊임없이 흘러나왔다.

외마디 비명과 함께 서풍은 정신을 잃고 말았다.

"그놈들, 정확하게 오십 장 밖에서 머무네."

발걸음을 옮기던 담운은 탁무결의 눈빛을 떠올렸다.

탁무결의 눈은 야심으로 가득했다.

지금은 엎드린 호랑이에 불과했지만 기회가 된다면 기지개를 펴고 산천초목을 떨어 울릴 것이다.

"나랑은 상관없는 일이지."

픽 웃은 담운은 느긋하게 창문객잔으로 향했다.

"아악!"

그때, 갑자기 들려온 비명 소리에 담운은 후다닥 서풍에게 몸을 날렸다.

서풍은 자신의 피바다 속에서 정신을 잃고 있었다.

"야, 소심이! 너 어떻게 된 거야!"

담운은 서풍의 몸을 흔들었다.

손에 닿은 서풍의 온몸은 불덩이 같았다.

깜짝 놀란 담운은 서풍의 몸을 안고 한달음에 창문객잔으로 돌아갔다.

담운은 서풍의 몸을 안고 광의가 머무는 방문을 거세게 두드렸다.

"영감! 일어나 봐!"

깊게 잠이 들었는지 광의는 깰 조짐을 보이지 않았다.

쿵쿵쿵!

"영감! 얼른 일어나라니까!"

거듭되는 소란에 결국 광의가 깼나 보다.

광의의 방에 불이 들어오고, 잠시 후 문이 열렸다.

숙면을 방해받은 광의의 얼굴에는 짜증이 담겨 있었다.

"간만에 푹 자나 했더니, 뭐냐?"

"이놈 몸이 불덩이야. 어떻게 좀 해봐."

담운은 서풍을 내밀었다.

"네놈 주위엔 어찌하여 환자가 이리 넘치는 게냐? 도무지 성한 놈이 없구나! 한 놈은 불구에 한 놈은 약 잘못 먹은 돌대가리에, 또 한 놈은 고뿔이라도 걸린 게냐?"

"얼른 봐줘. 이놈 피까지 토하고 쓰러졌어."

"피를 토해?"

광의는 탁자 위에 놓여 있던 초를 들고 서풍을 자세히 살폈다.

서풍의 얼굴은 까맣게 죽어가고 있었다.

화들짝 놀란 광의는 서풍의 몸 구석구석을 진맥했다.

"주화입마로군."

"주화입마?"

"지체할 시간 없다. 일단 안으로 들이거라."

담운은 서풍의 몸을 광의의 침상 위에 뉘였다.

광의는 침을 꺼내 서풍의 몸 구석구석에 놓았다.

술을 마시지 않았음에도 그의 손은 거침없었다.

침 놓기를 마친 광의는 주먹으로 서풍의 몸 구석구석을 때렸다.

쿨럭!

서풍은 또다시 선홍빛의 각혈을 했다.

"뭐야? 이러다 소심이 죽겠네."

안타까워하는 담운에게 광의는 눈을 흘겼다.

"요란 떨기는. 어혈을 조금 토한 것뿐이다. 그래도 네놈 덕에 이 꼬맹이가 목숨을 건졌구나. 조금만 늦었어도 황천길 건널 뻔했어."

광의는 혀를 끌끌 차며 서풍의 손목을 잡았다.

"이제 괜찮은 거야?"

눈을 감고 진맥하던 광의는 고개를 끄덕였다.

"내부가 꼬이기는 했지만 그건 어쩔 수 없고, 어혈을 토해 냈으니 푹 자고 나면 정신을 차릴 게다."

담운은 가슴을 쓸어내리며 의자에 풀썩 앉았다.

"그래? 휴, 다행이네. 난 소심이 이놈 죽는 줄 알고 얼마나 놀랬던지."

광의는 잡고 있던 서풍의 손을 이불 속에 넣어주었다. 그리곤 턱 끝까지 이불을 덮어주고 탁자로 걸어갔다.

탁자 위에 놓여 있는 술을 벌컥벌컥 마시고 나서야 편해진 얼굴로 의자에 앉았다.

"이놈은 어쩌다 발견하게 된 게냐?"

"내가 무공을 가르쳤거든."

"무공을?"

깜짝 놀란 광의가 자세히 말해보라며 채근했다.

담운은 고개를 끄덕이고 잠시 전에 있었던 일을 늘어놓았다.

"전혼대법을 이용해서 이놈에게 무공을 가르쳤는데, 처음엔 괜찮더니 갑자기 피를 토하대."

"전혼대법?"

"별거 아냐. 나와 상대방의 의식을 연결하는 게 전혼대법이야. 그걸 이용해서 월광검을 가르쳤지."

광의는 놀란 얼굴로 물었다.

"월광검? 그게 무어냐?"

"아, 벙어리사부님이 혈월광무를 발전시켜 월광검을 새로 만들었다 하시더라고."

"묵검왕의 독문 검법인 혈월광무 말이더냐?"

"묵검왕인지는 모르지만 벙어리사부님의 검법이긴 하지. 나중에 심득을 얻으셔서 수정하셨다더군."

"어쨌든 묵검왕의 무공이란 소리 아니더냐? 후, 이런 미친 놈을 보았나. 넌 저 아이가 절정의 경지에 이른 것으로 보이더냐?"

담운은 고개를 절레절레 저었다.

광의는 한숨을 푹 내쉬었다.

"묵검왕은 일존사왕 중 한 명이다. 이십 년 전, 일존은 입신의 경지에 이르렀고, 사왕은 초인의 경지였지. 그가 사용한 혈월광무는 엄청난 내공을 필요로 하는 무공이다. 오죽하면 묵검왕이 달빛을 벗 삼아 춤을 추면 백 개의 목숨이 낙엽처럼 떨어진다는 소문이 돌았겠느냐. 그런 무공을 겨우 이류에 오른 놈에게 가르쳤으니 주화입마에 걸리지 않고 배기겠느냐?"

"난 괜찮았는데?"

"그건 네놈이 이상한 거고! 아무튼 내공도 쥐뿔 없는 놈에게 고등 무리를 일러줬으니 이놈의 내부가 꼬이는 것도 당연한 일이지."

광의는 안타까운 얼굴로 서풍을 쳐다보았다.

"앞으로 기연이 없는 한 저놈은 제대로 된 무공을 사용할 수 없을 게다."

"저, 정말이야?"

"내부가 엉망이 되고 기혈이 꼬여 버렸다. 남궁이 놈은 단전이 짓이겨져서 쓸 수 없지만, 저 어린놈은 단전이 있어도 현재는 무용지물이야."

광의는 혀를 차며 안타까워했다.

"소림사의 대환단이라도 있다면 모를까."

목숨은 건졌지만 무인으로서 죽은 것만 못한 신세가 되어 버린 것이다.

금마옥의 최하층에 갇힌 죄수들은 아무리 허물없이 지내더라도 무공 구결이 노출되는 일을 꺼렸다.

그래서 얻은 결론이 바로 전혼대법(傳魂大法)이었다.

전혼대법이 거창한 무공도 아니었기에 가군자사부는 기꺼이 구결을 내놓았다.

다른 사부들은 전혼대법을 배웠고, 그것을 이용하여 담운에게 무공을 가르쳤다.

전혼대법으로 의식을 연결하고, 내공의 흐름을 느끼도록 함과 동시에 무공 구결을 일러주었다.

큰사부의 무공만 해도 평생을 익혀야 하는데, 전혼대법을 이용하여 이십 년 만에 다섯 사부의 무공을 모두 자기 것으로 만들 수 있었다.

그 이면에는 담운이 보기 드문 기재라는 것도 한몫했다.

그런 담운과는 달리 평범한 서풍이 내공도 부족한 상태에서 고등 무리(高等武理)를 갑자기 받아들이게 되었으니 주화입마는 당연한 결과였다.

"대환단? 그거 달라고 하면 주나?"

"소림사의 보물이라는 대환단을 줄 리가 있느냐! 네놈의 목숨을 걸어도 안 줄 게다."

"그럼 이거 큰일이네……."

"큰일? 당연히 큰일이지. 에잉. 난 모르겠다. 이놈이 정신을 차리고 자신의 상태를 알게 된다면 자결할지도 모르지."

"정말이야?"

"네놈은 그 말밖에 모르냐? 네놈이 하루아침에 모든 무공을 잃었다고 생각해 봐라. 살고 싶겠느냐?"

담운은 말없이 고개를 저었다.

상왕에게 복수하기 위하여 이십 년 동안 피나는 수련을 했는데, 복수를 하지 못하게 된다면 차라리 죽는 편이 나았기 때문이다.

한동안 서풍을 바라보던 담운이 나직이 말했다.

"어쩔 수 없네. 소심이는 내가 거둬야겠어."

"뭐? 이놈 인생을 망쳐 놓고 뭘 해? 거둬? 하! 네놈 앞가림도 제대로 못하면서 누굴 거둬?"

"영감, 생각보다 내 앞가림은 잘하니까 걱정 말고. 소심이 놈 인생을 망쳤을지도 모르니까 나을 때까지는 책임져야지."

광의는 어깨를 으쓱했다.

"그건 네놈 마음대로 하거라. 저놈 데리고 얼른 가. 난 자던 잠마저 자련다."

"그러지 말고 좀 살펴봐 줘. 갑자기 탈이라도 나면 어떡해?"

"그럴 일 없다. 내가 손을 봤으니 악화되는 일은 없을 게다. 이제 남은 것은 저놈 마음 상태에 달렸다."

　광의는 옷자락을 털고 자리에서 일어났다.

　환자에 관해서는 광의가 진리다.

　광의의 말을 납득한 담운은 침상에 누워 있는 서풍을 안아 들고 자신의 방으로 옮겼다.

　달아올랐던 서풍의 몸은 아직도 뜨거웠다.

　괜한 호의를 베풀다 오히려 다치게 했기 때문에 담운의 마음 한구석은 미안함의 감정이 앙금처럼 내려앉았다.

　어차피 잠도 달아났기 때문에 담운은 서풍의 간호로 밤을 지새웠다.

　서풍은 잠꼬대로 ‘어머니, 아버지, 죄송합니다’ 따위의 말을 끊임없이 읊어댔는데, 그럴 때마다 괜찮다는 말로 위로를 해주었다.

　새벽닭의 울음소리와 함께 날이 밝자 서풍이 깨어났다.

　힘없이 눈을 뜬 서풍은 생소한 풍경에 어리둥절한 표정이었다.

　“일어났냐?”

　담운의 물음에 서풍은 후다닥 자리에서 일어났다.

　“여기가 어딥니까?”

　“내 방.”

　“제가 왜 여기에…….”

　“기억 안 나? 너 어제 쓰러졌잖아.”

눈을 끔벅거린 서풍은 그때서야 어제의 일이 떠올랐다.

자신의 앞섶을 내려다보니 붉게 물들어 있었다.

욱씬.

순간, 날카로운 송곳으로 아랫배를 찌르는 듯한 고통에 서풍은 눈살을 찌푸렸다.

"크윽."

"왜? 또 아프냐?"

담운이 걱정스런 얼굴로 묻자 서풍은 손을 들어 올리며 괜찮다는 답을 대신했다.

"근데 말야, 너 한동안 단전을 못 쓸 거다."

아픈 와중에도 서풍은 궁금함의 시선을 담운에게 던졌다.

담운은 어깨를 으쓱하더니 입을 열었다.

"어제 무공 익히다 탈났대."

"언제까지 못 씁니까?"

"영원히 못 쓸 수도 있고 아닐 수도 있고."

"낫긴…… 합니까?"

서풍이 우울한 얼굴로 물었다.

당장 죽네 사네 날뛸 줄 알았던 서풍이 의외로 담담하게 말하자 담운은 고개를 갸웃거렸다.

"영원히 못 써도 괜찮냐?"

"어쩔 수 없지요. 제 잘못을 누굴 탓하겠습니까."

"그거 네 잘못 아냐. 내 잘못이지."

"그게 무슨 뜻입니까?"

"그런 게 있어. 근데 너 밤새 잠꼬대한 거 알고 있냐?"

서풍은 자신도 모르게 얼굴을 붉혔다.

담운은 피식 웃었다.

"자꾸 죄송하다고 사과하던데. 넌 뭐가 그리 매일 죄송한 거냐?"

"저 때문에 부모님이 돌아가셨거든요."

"……."

담운은 물끄러미 서풍을 바라보았다.

우수에 젖은 눈빛으로 서풍은 자신의 이야기를 주절주절 늘어놓기 시작했다.

"제가 힘이 없어 부모님이 살해당하는 것을 보고만 있었습니다. 부모님은 저를 쌀을 담아놓던 항아리에 숨겼지요. 그리고 저항했습니다."

"누구한테?"

"산적들이요. 녹림의 산적들."

산적을 언급할 때 서풍의 눈은 새파랗게 빛났다.

"쌀을 숨겼다고 마을 사람 모두를 몰살시켰죠. 산적들은 마을 사람 모두를 죽인 다음 마을을 뒤졌습니다. 제가 숨어 있던 항아리도 들춰봤죠. 그때 저를 발견한 산적들은 비웃었습니다."

“어이, 이봐. 여기 어린놈 하나가 숨어서 오줌을 지리고 바들바들 떠는데?”

“더러워서 이 쌀은 못 먹겠군.”

“이놈도 죽여야 되는 거 아냐?”

“오줌싸개를 죽여봤자 내 손만 더럽혀진다고. 한 놈쯤은 살려두지, 뭐. 클클.”

산적들의 비아냥거리는 목소리가 다시금 들리는 듯했다.

서풍은 주먹이 으스러져라 양손을 쥐었다.

“그들에게 복수하기 위해 매일 수련을 했지만…… 복수는 제 몫이 아니었나 봐요.”

물기에 젖어 있는 서풍의 목소리였다.

“그래. 포기해. 그런 정신 상태로 복수 따위는 꿈도 꾸지 마.”

“네? 그게 무슨…….”

서풍의 어리둥절한 물음에 담운은 불타오르는 눈으로 바라보았다.

“복수가 뭔지 아냐? 복수란 말이다, 한 하늘을 지고 절대 살 수 없다는 각오를 가져야 할 수 있다. 넌 마음가짐이 틀려먹었어. 지금 당장 그놈들 만나면 오줌부터 지리고 바들바들 떨 거다. 그래 가지곤 복수는 물 건너갔지.”

담운의 독설에 서풍은 분노했다.

“당신이 뭘 안다고 그런 말을 함부로 하는 겁니까!”

“나? 모르지. 난 부모가 없었어. 고아였으니까. 하지만 어떤 개자식 때문에 이십 년 동안 갇혀 살았어. 그 이유가 뭔지 아냐? 만두 하나 때문이야. 잘못한 내가 벌을 받아야 마땅하지만, 만두 하나로 이십 년간 가둬둔 게 죄에 대한 합당한 벌은 아니지 않냐?”

“그것과 이건 다르지 않습니까!”

“뭐가 달라? 사람이 느끼는 분노의 크기를 다르다고 생각진 마라. 너도 복수를 하고 나도 복수를 할 거야. 하지만 난 너와 달라. 넌 지금 힘이 없다는 이유만으로 부모의 복수를 포기하고 있다. 만약 내가 너와 같이 무공을 잃은 상황이었다면, 비록 목숨을 잃을지라도 팔 하나쯤은 잘라낼 각오로 덤볐을 거다. 목숨을 잃어도 상관없고.”

서풍은 몸을 부르르 떨었다.

“제가 만약 당신과 같은 실력을 가지고 있었다면 벌써 예전에 복수했을 겁니다.”

담운은 고개를 저었다.

“아닐걸? 넌 아무리 강해져도 겁부터 먹을 거다. 왜냐? 넌 마음이 약하니까. 몸이 강해져 봐야 마음이 약하면 무용지물이다.”

서풍은 분했다. 아니라고 우기고 싶었다. 하지만 그럴 수 없었다.

담운의 말은 진실이었기 때문이다.

"그럼 제가 어찌해야 합니까? 지금 당장 가서 그놈들과 목숨을 놓고 싸워야 합니까?"

"나야 모르지. 그건 너한테 달린 문제니까. 힘을 길러서 죽이든, 아니면 지금 당장 가든."

"방법을 가르쳐 주십시오. 전 어찌해야 하는 겁니까?"

담운은 나직하게 한숨을 쉬었다.

"남에게 의지하는 생각부터 버려. 한마디 조언을 해주자면, 일단 몸이 완벽하게 낫는 게 먼저다. 지금 가봤자 개죽음이야. 단, 복수를 위한 칼날은 마음속에 항상 갈아둬라. 지금처럼 금방 포기할 거라면 지금 당장 가서 죽어주고."

서풍은 억울함에 눈물을 떨구었다.

담운은 서풍의 어깨를 자상하게 두드려 주었다.

"막말해서 미안해. 하지만 내가 볼 때 넌 복수에 대한 갈망이 없어. 고작 한다는 말이 '죄송합니다' 뿐이니까. 나 같으면 말이다, 하늘 향해 이렇게 외쳐 줄 거다. '제가 당신을 죽인 놈들을 반드시 곁으로 보내 드리겠습니다!' 라고. 뭐, 부모님이 좋아할지 싫어할지는 모르겠지만 너완 상관없잖아? 그건 부모님이 결정할 문제니까."

담운의 위로에 서풍은 눈을 훔쳤다.

담운은 마지막으로 서풍을 토닥여 준 후 자리에서 일어났다.

“이제 앞으로 무공 수련 따위는 하지 마. 알겠어?”

“그럼 복수는 어떻게…….”

“말 흐리지 말랬지. 말도 제대로 못하면서 복수는 어떻게 하려고? 산적들 만나서 ‘저기…… 죄송하지만 제가 복수 좀 해도 되겠습니까?’ 라고 물어볼래? 사내새끼가 당당해야지. 가슴 펴고 살아. 누구한테든 꿇리지 말고 당당하게 살아. 알겠어?”

서풍은 입술을 깨물었다.

“그럼 복수는 어떻게 합니까? 무공 수련도 하지 않고 무슨 수로 복수합니까?”

“그건 네가 알아서 해야지.”

“당신 때문에 제가 이렇게 됐다면서요!”

담운은 그때서야 피식 웃었다.

“그래. 앞으론 말 따위는 가슴에 묻고 살지 마라. 묻고 싶으면 묻고 하고 싶으면 해. 가슴에 묻고 마음 졸이지 말고.”

“제 질문에 대한 답은 아닌 것 같은데요?”

“어쭈? 이제 막나가겠다는 거냐?”

서풍은 희미하게 웃었다.

할 말을 하고 나니 가슴이 뻥 뚫리는 기분이었다.

왜 이때까지 남의 눈치만 보면서 바보같이 살았는지 후회가 되었다.

서풍이 웃자 담운은 헛웃음을 터뜨렸다.

"웃다 우는 놈은 말로는 들었지만 처음 봤네. 근데 너 기절하기 전에 외운 이상한 경문 같은 거 아직도 외우고 있냐?"

담운의 물음에 서풍은 고개를 끄덕였다.

이상한 중얼거림을 떠올리자 한순간에 처음부터 끝까지 머릿속에서 펼쳐졌다.

"일단 그거부터 파봐. 죽어라 파다 보면 뭔가 얻는 게 있을 거다. 수련 방법은 별거 없어. 그냥 눈 감고 너를 떠올려. 그리고 너와 싸워. 단, 실제와 같이 싸워야 한다. 어중간하게 할 거면 때려치우고. 직접 몸을 움직이지 못할 테니 이런 방법도 도움이 될 거다."

"그러면 되는 겁니까?"

"누구한테 의지할 생각은 버리라고 했지. 인생은 네가 살아가는 거지 누가 대신 살아주는 게 아니라고 울 큰사부님이 말씀하셨지."

말을 마친 담운은 자리에서 일어났다.

"난 새벽부터 너 때문에 굶었으니 밥이나 먹으러 가련다. 배고파 죽겠네."

서풍도 담운을 따라 일어났다.

"너도 배고프냐?"

"네."

담운은 피식 웃으며 방을 나섰다.

서풍은 자신이 누워 있던 자리로 시선을 돌렸다.

그곳에는 허약한 모습으로 울고 있는 자신이 보이는 것 같
았다.

물끄러미 그런 자신을 바라보던 서풍이 엷게 웃으며 말했
다.

"이제 너와 작별해야겠다. 난 앞으로 다르게 살아갈 거니
까."

서풍은 울고 있는 자신에게 마지막 작별을 해주고 담운의
방을 나섰다.

『낭인무사』 2권에 계속…

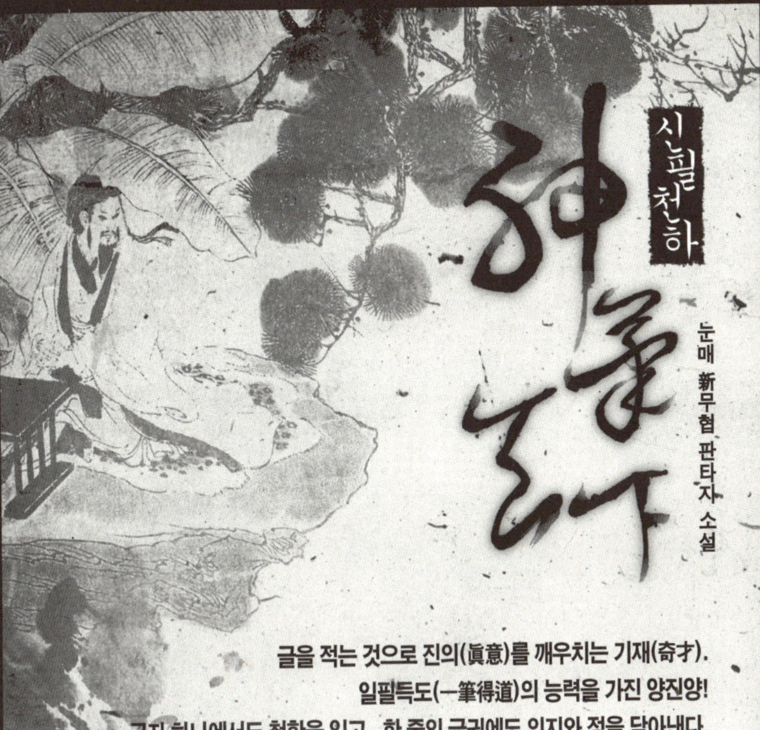

시 눌 필 천 하

神筆

눈매 新무협 판타지 소설

글을 적는 것으로 진의(眞意)를 깨우치는 기재(奇才).
일필득도(一筆得道)의 능력을 가진 양진양!
글자 하나에서도 철학을 읽고, 한 줄의 글귀에도 의지와 정을 담아낸다.

글씨는 마음을 그리는 것이요, 글은 사람을 귀하게 하는 법.

공력은 글씨 안에 있으니,
흘러가는 필획에서 깨달음과 내공을 얻고,
견실한 붓놀림 속에서 천하 무공이 탄생하리라!

기존의 무협은 잊어라!
하얀 종이 위에 써 내려가는 신필천하의 신화가 시작된다!

Book Publishing CHUNGEORAM

유행이 아닌 자유추구 -
WWW. chungeoram.com

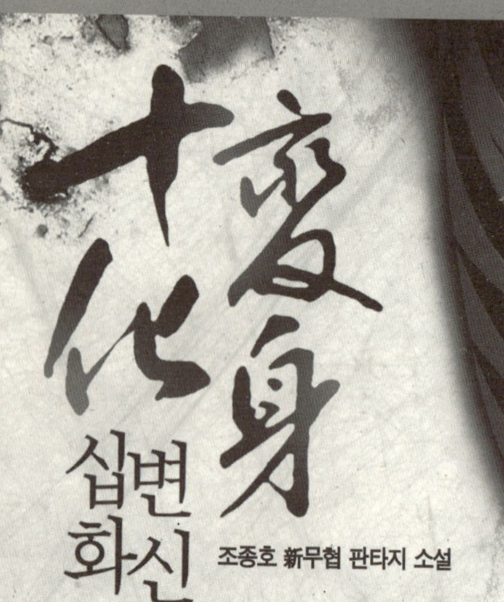

十度化身
십변
화신
조종호 新무협 판타지 소설

유행이 아닌 자유추구 –
WWW.chungeoram.com
Book Publishing CHUNGEORAM

조돈형 新무협 판타지 소설

『궁귀검신』, 『마도십병』, 『운룡쟁천』의
작가 **조돈형**
그가 장강의 사나이들과 함께 돌아왔다!

굽이쳐 흐르는 거대한 장강의 흐름 속에서
선혈처럼 피어나 유성처럼 지는 사내들의 향취!

장강삼협(長江三峽)!

하늘 아래 누구보다 올곧았던 아버지의 시신을 이끌고
고향으로 돌아온 유대웅을 기다리고 있던 것은
천오백 년의 시공을 뛰어넘은 패왕(霸王)의 무(武)와 검(劍)!

패왕칠검(霸王七劍)과 팔뢰진천(八雷振天)의 무위 아래
천하제일검(天下第一劍)으로 우뚝 설 한 소년의 일대기!

**장강의 수류는 대륙을 가로질러
이윽고 역사가 된다!**

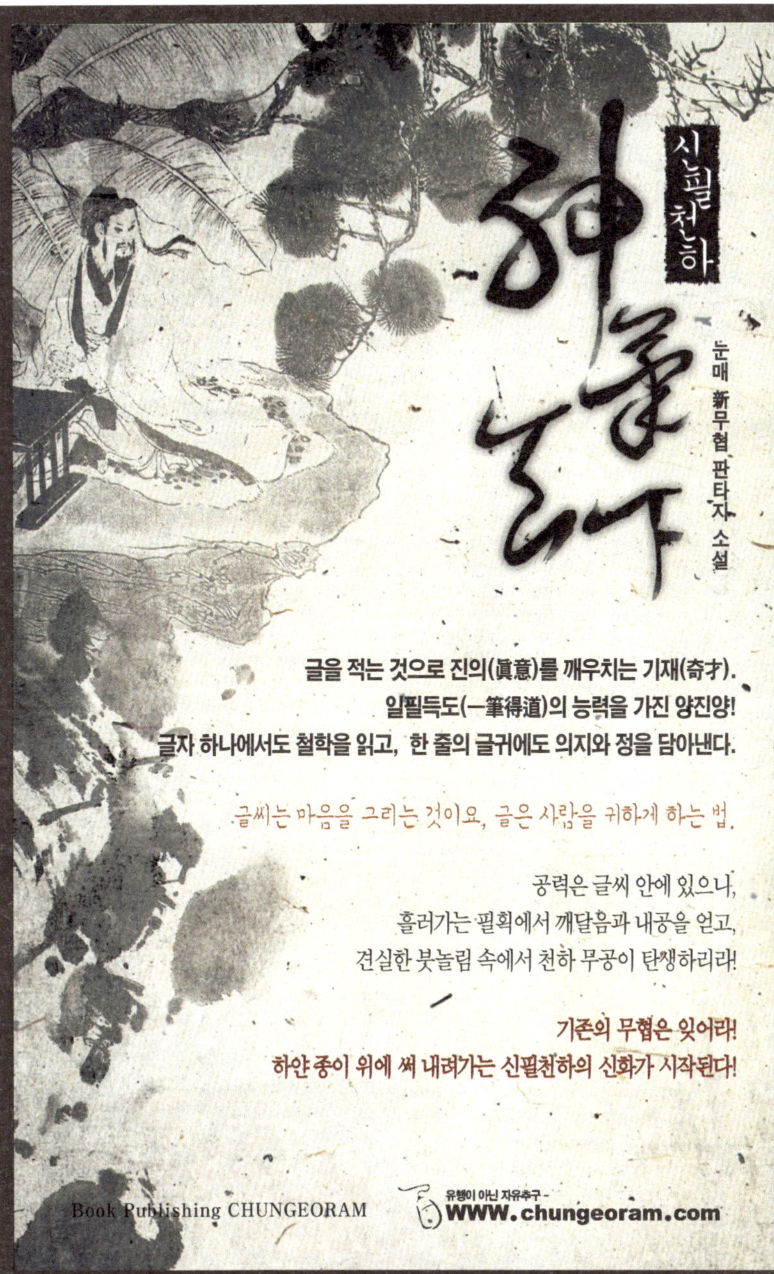

신필천하

神筆奴師

눈매 新무협 판타지 소설

글을 적는 것으로 진의(眞意)를 깨우치는 기재(奇才).
일필득도(一筆得道)의 능력을 가진 양진양!
글자 하나에서도 철학을 읽고, 한 줄의 글귀에도 의지와 정을 담아낸다.

글씨는 마음을 그리는 것이요, 글은 사람을 귀하게 하는 법.

공력은 글씨 안에 있으니,
흘러가는 필획에서 깨달음과 내공을 얻고,
견실한 붓놀림 속에서 천하 무공이 탄생하리라!

기존의 무협은 잊어라!
하얀 종이 위에 써 내려가는 신필천하의 신화가 시작된다!

Book Publishing CHUNGEORAM

유행이 아닌 자유추구 -
WWW. chungeoram.com